Karl August Görner

**Prinz Papagei**

Weihnachts-Komödie mit Gesang und Tanz in fünf Aufzügen

Karl August Görner
**Prinz Papagei**
*Weihnachts-Komödie mit Gesang und Tanz in fünf Aufzügen*
ISBN/EAN: 9783743388055

Hergestellt in Europa, USA, Kanada, Australien, Japan

Cover: Foto ©Andreas Hilbeck / pixelio.de

Manufactured and distributed by brebook publishing software (www.brebook.com)

Karl August Görner

**Prinz Papagei**

# Prinz Papagei.

## Weihnachts-Komödie
### mit Gesang und Tanz in fünf Aufzügen.

Nach einem Märchen bearbeitet

### C. A. Görner.

Musik von . . . . . . .

Den **Bühnen** gegenüber als **Manuscript** gedruckt. Ich behalte mir und meinen **Erben** oder **Rechtsnachfolgern** das ausschließliche Recht vor, die Erlaubniß zur öffentlichen Aufführung und zum Uebersetzen zu ertheilen. **Geschriebene Exemplare** sind unrechtmäßig erworben. **C. A. Görner.**

Altona, 1877.
Verlags-Bureau.
(A. Prinz.)

## Personen.

Simplex, Herrscher der dunklen Länder.
Prinz Garrulus, sein Sohn.
Barribine, Prinzessin der hohen Berge.
Sonnine, Prinzessin der heiteren Gegend.
Indivine, Prinzessin des Putenlandes.
Aquarine, Prinzessin der blauen Inseln.
Calvus, Erzieher des Prinzen.
Mamillare, eine alte Hofdame.
Spinat, Hofgärtner.
Lisisi, seine Tochter.
Stipp,  
Stopp, } in Simplex Diensten.
Ein General. Ein Hofherr.
Bindibondibarbelbuck, der Rüsselnasige, ein Zauberer.
Amarante, eine Fee.
Hemikrania, eine alte Fee.
Prinzessin Mies.
Die Oberhofmeisterin.
Hofdamen und Gespielinnen der Prinzessin.
Prinz Bä.
Sein Kanzler.
Sein Erzieher.
Edelherren, Edeljunker und Pagen Bä's.
Die Drude.
Schlitzöhrchen,  
Nickel, } Wassergeister.
Erste  
Zweite } Gestalt.
Ein Zwerg.
Die wilden Weiber.
Moosleute.
Zwerge.
Nixen. Nymphen. Meerungeheuer.
Blumen= und Luftgeister. Genien. Drachen.
Hofdamen. Hofherren. Generäle. Hauptleute. Pagen.

## Erster Aufzug.

Phantastischer Schloßgarten. Links ein Flügel des Schlosses mit großem Eingang, zu dem einige Stufen führen. Ueber dem Eingang ein auf Säulen ruhender Balcon, der in das Innere des Schlosses führt. Der Garten zeigt nur blühende Tropen-Bäume, Gebüsche und Pflanzen. Das Schloß ist aus Lapis lazuli erbaut und mit vielen Goldverzierungen versehen. Im Hintergrunde, Mitte der Bühne, eine halbrunde Marmorbank auf einer Erhöhung, zu der einige Stufen führen.

### Erste Scene.

Garrulus. Barribine. Sonnine. Indivine. Aquarine. Calvus. Mamillare. Spinat. Lisisi. Hofherren. Hofdamen. Pagen.

(Beim Aufziehen des Vorhangs steht Garrulus in der Mitte der Bühne, sehr lebhaft erzählend. Die Prinzessinnen sitzen um ihn herum auf kleinen Tabourets. Barribine, immer stolz und hochmüthig, fächelt sich mit einem kostbaren Fächer Kühlung zu. Sonnini, immer heiter und lachend, spielt mit einem goldenen Ball. Indivine, immer dumm und träge, macht aus ihrem Taschentuch eine Puppe, die sie dann tanzen läßt. Aquarine, immer schwärmerisch und zart, hat eine kleine goldene Ruthe in der Hand und lenkt diese hin und her, als ob sie Fische angle. Mamillare hat die äußerste linke Seite eingenommen und verspeist eine Apfelsine. Calvus steht auf der äußersten Seite rechts und starrt mit offenem Munde unausgesetzt nach Gar-

rulus. Spinat und Lisisi sitzen auf der großen halb=
runden Marmorbank, die sich auf einer Erhöhung, zu der
einige Stufen führen, im Hintergrunde der Bühne, be=
findet, und binden vier kostbare Bouquets. Hinter den
Prinzessinnen haben sich ihre Hofdamen und Hof=
herren gruppirt. Vier Pagen stehen vertheilt etwas
weiter zurück. — Lebhafte Unterhaltung.)

Die vier Prinzessinnen (lachen, indem sich der
Vorhang erhebt). Hahahahahaha!

Die Hofdamen (lachen ebenfalls). Hahahahahaha!

Garrulus (immer geschwätzig und sehr lebhaft).
Ihr lacht? Darüber ist nicht zu lachen. Die Sache ist
durchweg ernster Natur.

Barribine (durchweg stolz und hochmüthig). Ich
finde sie höchst lächerlich.

Sonnine (durchweg heiter, lachend). Ich unge=
mein komisch.

Garrulns. Lächerlich? Komisch? So fand
ich sie anfänglich auch; aber Papa versteht keinen Spaß.
Als der Citronenkönig ihm sagte: „Simplex, in Deinem
Reich ist Alles dunkel," rief Papa empört: „Und in
Deinem Alles sauer!"

Sonnine (wie oben). Gut gegeben!

Calvus. Witzig.

Barribine (wie oben). Damit hätte man aber
auch die Sache —

Garrulus (rasch einfallend). Ruhen lassen
sollen, willst Du sagen. Ganz recht — aber Papa
liebt die Ruhe nicht. Er sandte sofort eine Kriegs=
erklärung an den Citronenherrscher, und so entstand
der unheilvolle, blutige Krieg, der uns schon — in
fünf Schlachten — keinen, unsrem Feinde jedoch nahe
an 4000 Mann gekostet hat.

Barribine. Prinz, Euer Feind behauptet aber —

Garrulus (einfallend). Daß wir 4000 Mann,
er aber nur ein halbes Pferd verloren habe, willst Du

sagen. Das ist immmer so, wenn wir mit unserem Nachbar Krieg führen.

Calvus (dazwischen werfend). Immer.

Garrulus (fortfahrend). Ich kann aber versichern, daß wir ihm bereits schon 1000 Mann getödtet hatten, bevor wir seine Grenze überschritten, und in sein Land gedrungen waren.

Calvus. So ist es.

Sonnine (lachend). Ihr habt seine Grenze überschritten?

Aquasia (schwärmerisch). Der Feind giebt an —

Garrulus (einfallend). Unsere Grenze überschritten zu haben, willst Du sagen? Das ist immer so, wenn er Krieg mit uns führt.

Calvus. Immer.

Indivine. Daraus werde ich nicht klug.

Garrulus. Das glaube ich. Du befindest Dich auch in einem Lande, in welchem Klugmachen überflüssig ist.

Calvus. So ist es.

Barribine. Weshalb aber ließest Du Deinen alten Vater —

Garrulus (einfallend). Allein in den Krieg ziehen, willst Du fragen?

Alle Prinzessinnen. Ja, erkläre uns das.

Garrulus. Das ist leicht zu erklären.

Mamilare (essend). Sehr leicht.

Garrulus (fortfahrend, ohne sich unterbrechen zu lassen). Papa weiß, daß mein ungestümer Heldengeist sich nicht bändigen läßt, mein feuriges Blut mich in tausend Gefahren stürzen und Alles verderben würde.

Calvus (dazwischen werfend). So ist es.

Garrulus (fortfahrend). Deshalb befahl er mir, daheim zu bleiben; bei Eurer Ankunft, holde Prinzessinnen, den Hausherrn zu spielen, und Euch so angenehm wie möglich zu unterhalten. Ich hoffe, daß ich das mir übertragene Amt zu Eurer Zufriedenheit bekleide.

Barribine (einfallend). Gewiß — Du bist — (Steht auf.)

Garrulus (einfallend). Liebenswürdig, willst Du sagen. Das liegt in meiner Erziehung.

Calvus (ruft). Hört!

Sonnine. Du bist auch außerordentlich — (Steht auf.)

Garrulus (wie oben). Drollig, meinst Du. Ja, der Frohsinn und der Witz waren meine Pathen. Nichts ist mir fataler, wie ernste Gesichter.

Aquarine (steht auf). Es ist Schade, daß Du nicht —

Garrulus (einfallend). Schwärmen, und mich nicht bis in die Wolken versteigen kann, wie Du, sollte Deinen Lippen entschweben. Schwärmerei erlaubt mir mein Gefühlsvermögen nicht, und bis zu den Wolken versteige ich mich nicht, denn ich bin schwindelig.

Calvus. Sehr.

Garrulus (zu Indivine). Und Du, schöne Prinzessin? Hast Du mir nicht auch noch etwas zu sagen?

Indivine (steht auf). Prinz, ich spreche — (Pagen tragen die Tabourets ohne Geräusch bei Seite.)

Garrulus (einfallend. Mit steigender Schwatzhaftigkeit). Nicht gern, willst Du sagen; Du unterhältst Dich lieber mit Dir selbst, und thust wohl daran. Verschlossener Mund und offene Augen haben noch Niemand geschadet. In diesem Punkt stimmen unsere Seelen merkwürdig überein, denn Schwatzhaftigkeit ist mir bis über den Tod hinaus zuwider. Schwätzer sind leere Zungendrescher, denen es an Geist, Gemüth und Seele fehlt; die durch fortwährendes Schwatzen und aufgeschnappte Redensarten ihre Unwissenheit zu verbergen suchen! — Wer viel schwatzt, lügt viel — wer gern fragt, schwatzt gern — böse Geschwätze verderben gute Sitten. Traue nicht Dem, der viel mit Vielen über Vieles spricht. Du thust recht, Deine Zunge zu binden — eine gezähmte Zunge ist ein seltener Vogel — viel Wort', ein halber Mord — von Schweigen thut Dir die Zunge nicht weh — mit Schweigen antwortet man viel, und kein Kleid steht den Weibern besser, als Schweigen! (Athem schöpfend.) Puh! (Wedelt sich Luft zu.)

Barribine (naserümpfend — für sich). Unerträglich!

Sonnine (lachend — für sich). Urkomisch!

Aquarine (achselzuckend — für sich). Plump!

Indivine (gleichgültig — für sich). Recht dumm!

### Zweite Scene.

Ein Hofherr (von rechts). Vorige.

Hofherr (eilig). Prinz! Stipp, der Bote Deines Vaters, ist soeben in vollem Schnellritt vom Büffel gefallen, und bringt Dir —

Garrulus (einfallend). Nachricht, daß der Feind vollständig zermalmt ist, und die Uns'rigen triumphirend heimkehren. Ich weiß!

Alle. Unseren Glückwunsch.

Garrulus. Danke! Danke! (Ruft.) Spinat! Laß Fichtenzweige schneiden, unsere Helden zu schmücken.

### Dritte Scene.

Stipp (von rechts). Dann: Stopp (von rechts). Vorige.

Stipp (rasch). Großer Prinz, unser Herrscher schickt mich, Dir zu verkünden —

Garrulus (rasch). Daß das Citronenland erobert ist, willst Du sagen.

Stipp. Daß wir dem Feind entgegenritten, und uns, zu Fuß, schleunigst zurückgezogen haben.

Garrulus. Aus kriegskunst=künstlichen Rücksichten. Verstehe! — Wie viel Gefangene habt Ihr gemacht?

Stipp. Keinen; aber der Feind hat Einen von uns gefangen, den Stopp.

Garrulus. Ihm geschieht Recht. Der Naseweis drängt sich überall vor!

Stopp (tritt auf). Gewaltiger Prinz —

Alle (erstaunt). Stopp!

Stopp. Ich bin —

Garrulus. Gefangen, ich weiß.

Stopp. Man hat mich gegen ein Kameel —

Garrulus. Ausgewechselt. Ist in der Ordnung. Und der Feind?

Stopp. Zog sich — nachdem er uns, wie er sagt, vollständig auf's Haupt geschlagen — in gemäßigter Ordnung zurück.

Alle (zum Prinzen). Wir bedauern.

Garrulus. Unnütz. (Zu Stopp.) Weiter!

Stopp. Die Herrscher schlossen Frieden —

Garrulus. Auf unbestimmte Zeit.

Stopp. Und es bleibt Alles —

Garrulus. Beim Alten — wie gewöhnlich.

Mamillare. Ach! Mußte darum so viel junges Blut vergossen werden? (Nimmt eine zweite Apfelsine aus der Tasche und ißt.)

Garrulus (ruft). Spinat! Die Fichtenzweige bleiben sitzen. Was noch?

Stopp. Dem Herrscher begegnete bei der Heimkehr ein höchst seltsames Abenteuer.

Alle (neugierig). Ein Abenteuer?

Barribine. Erzähle! Ich liebe Abenteuer.

Mamillare (essend). In meiner Blüthe hatte ich mehrere zu bestehen!

Garrulus. Ich ließ Euch ausreden, weil ich Unterbrechungen hasse. (Zu Stopp.) Sprich — was begegnete Papa bei der Heimkehr?

Stopp. Vom Reiten ermüdet, legte er sich unter einen Berberitzen-Strauch —

Garrulus. Und schlief ein. (Zu den Prinzessinnen.) Das thut er immer, sobald er müde ist.

Calvus. Immer.

Stopp. Als er die Augen schloß, vernahm er ein Quiken —

Die vier Prinzessinnen (rasch). Quiken?

Stopp. Welches einem Quäken und Quaken glich.

Garrulus. Wir haben viele Frösche im Lande.

Sonnine (lachend). Komisch!

Garrulus (zu Sonnine). Laß ihn ausreden.

Stopp. Er erblickte einen großen grünen Storch, der eine weiße Maus im Schnabel hielt, mit der er entfliehen wollte. Da sprang —

Garrulus. Papa auf und flüchtete, denn er kann die Mäuse nicht leiden.

Stopp. Und gab seinem Gefolge den Befehl, den Storch zu tödten; aber Keiner hatte Muth.

Garrulus. Kenne unsere Helden.

Stopp. Nun stürzte sich der Herrscher selbst blindlings auf den Storch, befreite die Maus, die sogleich —

Garrulus. Davon lief.

Stopp. Sich in eine schneeweiße Fee verwandelte —

Alle. In eine Fee?

Stopp. Und aus Dankbarkeit zu ihm sprach: „Großer Simpler, ich gewähre Dir, sowie Du Dein Schloß betreten hast, einen Wunsch auszusprechen, der sofort in Erfüllung gehen, und Dich glücklich machen soll."

Garrulus. Was Papa wünschen wird, weiß ich schon: Ungeheure Reichthümer für mich, seinen

Erben! (Ruft.) Spinat! Die Fichtenzweige werden geschnitten!

Spinat. Sogleich! (Verläßt die Erhöhung und eilt links ab.)

Garrulus (zu Lisisi). Sind die Blumensträußchen fertig?

Lisisi (ist von der Erhöhung ebenfalls herabgekommen, und giebt dem Prinzen vier Bouquets). Hier, Prinz!

Garrulus (giebt jeder Prinzeß ein Bouquet. — Zu Barribine). Die schönsten Blumen ließ ich für Dich binden. (Zu Sonnine.) Die allerbuntesten wählte ich für Dich. (Zu Aquarine.) Ich weiß, daß Blau zu Deinen Augen paßt. (Zu Indivine.) Einfach — jedoch geschmackvoll und bescheiden.

Indivine (nimmt das Bouquet). Ach, die schönen Gänseblumen!

Barribine. Prinz, wir verlassen Dich, um uns —

Garrulus. Zu schmücken, willst Du sagen; ich verstehe.

Barribine. Wenn Dein Papa naht, sende uns einen Boten. (Ab mit ihrem Gefolge in's Schloß.)

Garrulus. Wird geschehen.

Aquarine. Ich gehe zu dem klaren murmelnden Bach, wo linde Winde, die der West gebar, mir Kühlung fächeln. (Ab mit ihrem Gefolge, Hintergrund links.)

Garrulus. Wünsche wohl zu bekommen!

Sonnine (lachend). Ich durchstreife die lachenden Fluren und suche mir den Kukuk auf. (Ab mit ihrem Gefolge, Hintergrund rechts.)

Garrulus. Gute Unterhaltung! — (Zu Indivine.) Und wohin wirst Du Deine Schritte lenken?

Indivine (gleichgültig). Das weiß ich noch nicht; aber jedenfalls kannst Du mich von dort aus rufen lassen. (Ab mit ihrem Gefolge, Seite rechts.)

Garrulus (zu den Andern). Sorgt für das Haus, damit Papa bei seiner Heimkehr Alles in Ordnung findet. (Alle gehen in's Schloß ab.)

Mamillare (nimmt eine dritte Apfelsine aus der Tasche. Im Abgehen). Nach diesem Feldzuge werden wir wieder th e u r e Zeiten haben.

Calvus (im Abgehen, neidisch zu Mamillare). Ja — die Apfelsinen werden gewiß nicht billiger! (Ab, in's Schloß.)

Mamillare. Der Mensch gönnt Einem auch nicht die kleinste Frucht! (Ab, in's Schloß.)

### Vierte Scene.
### Garrulus. Lisisi.

Garrulus. Nun, Lisisi? Du starrst die Erde an? — Woran denkst Du?

Lisisi (die in Gedanken versunken rechts steht). An Nichts.

Garrulus. Das ist ein bequemer Gedanke, der kein Kopfzerbrechen macht. Höre! Du bist eine kluge Dirne, die —

Lisisi (rasch). Kein Wunder! Ich war von Jugend an —

Garrulus (einfallend). In meiner Gesellschaft. Richtig! — Wir haben schon als Kinder —

Lisisi (einfallend). Zusammen gespielt, willst Du sagen —

Garrulus (einfallend, verdrießlich). Ja, das wollte ich sagen, und noch mehr; aber ich bemerke zu meinem Erstaunen, daß Du Dir angewöhnst, den Leuten beständig in die Rede zu fallen. Das ist eine Untugend, die Du lassen mußt; denn wenn —

Lisisi (rasch einfallend). Wenn's Untugend ist, werde ich's nicht wiederthun. (Hält sich den Mund zu.)

Garrulus. Du weißt, daß die verschiedenen Väter der verschiedenen Prinzessinnen, auf Wunsch meines Papa's, mir ihre Töchter zur Ansicht schickten, damit ich Eine von ihnen zur Gemalin erwähle. Es sind —

Lisisi (einfallend). Ja — unser Herrscher hat —

Garrulus (rasch). Nicht unterbrechen!

Lisisi (schlägt sich auf den Mund). O Untugend! (Hält den Mund zu.)

Garrulus. Es sind anmuthige Gestalten, liebliche Gesichter, und ich schwanke hin und her. Du bist nicht auf den Kopf gefallen —

Lisisi (rasch). O doch — zwei Mal, als —

Garrulus. Als Du die Schloßtreppe herunterpurzeltest, und dann, als Du vom Birnbaum fielst. Ich weiß. Nicht unterbrechen.

Lisisi (hält sich den Mund zu).

Garrulus. Sage mir, — welcher von den vier Prinzessinnen würdest Du den Vorzug geben und mir zur Gemalin anrathen? (Kleine Pause.) Nun? — Sprich!

Lisisi (nimmt rasch die Hand vom Mund). Darf ich?

Garrulus. Ich erlaube es.

Lisisi. Die rechte Wahl zu treffen —

Garrulus. Hält schwer, willst Du sagen.

Lisisi. Prinzessin Barribine — (Will immer weiter sprechen, kommt aber nicht dazu.)

Garrulus (läßt Lisisi nicht mehr ausreden). Ist stolz und hochmüthig, blickt auf Alles mit Verachtung und —

Lisisi. Trägt die Nase höher —

Garrulus. Als sie ihr gewachsen ist, und das ist unschön, — Deine Ansicht ist die richtige Ansicht.

Lisisi. Sonnine, Prinzessin der heiteren Gegend — (Versucht Garrulus zu unterbrechen.)

Garrulus (immer rasch einfallend). Ist eine heitere Flur; lacht beständig; kann nie ernst sein, und am Lachen erkennt man den Thoren, meinst Du. Hast Recht! Aquarine hat nie die Füße auf der Erde — schwebt immer im dritten Himmel, und der ist hoch

— man kann sich nicht daran halten, willst Du sagen. Indivine, die Prinzessin des Putenlandes, leidet, wie Du soeben sehr richtig bemerkst, an einer bedeutenden Engsinnigkeit ihrer Denkkraft, ist also auch keine passende Lebensgefährtin für mich. Ich bin vollständig mit Dir einverstanden und danke Dir, daß Du mir Deine Meinung so warm und aufrichtig, wenn auch nur mit wenigen Worten, dennoch klar und deutlich, mitgetheilt hast.

Lisisi (rasch). Aber Prinz, ich habe Dir ja noch garnicht meine Meinung gesagt — (Will weiter sprechen.)

Garrulus (einfallend). Verstehe Dich vollkommen, selbst wenn Du nichtssagend bist. Keine von diesen Prinzessinnen würde mich glücklich machen, meinst Du, und ich werde deshalb auch Keine von diesen Vieren wählen. Du hörst, daß ich Deinen gut gemeinten Rath genau befolge.

Lisisi (sehr laut). Es wäre besser —

Garrulus (rasch einfallend). Auch hierin bin ich Deiner Ansicht! Es wäre jedenfalls besser, mir unter den einheimischen Frauen eine Gattin zu wählen. Hast Recht! Aber das geht nicht. Warum — fragst Du? Sie sind Alle nicht gut erzogen —

Lisisi (schreit). Oho! (Will weiter sprechen.)

Garrulus. Dich nehme ich aus. Dich würde ich auch für würdig halten, den Thron mit mir zu theilen, aber das ist unmöglich. Du fragst: Weshalb? Ich bin edel und Du bist unedel. Wie Einer ist geboren, so wird er auch geschoren. Dein Vater —

Lisisi (kann sich nicht mehr halten und spricht nun mit großer Zungengeläufigkeit). Ist Spinat. Ein ordinairer Schloßgärtner; aber wenn er auch zehnmal so edel und neunzigmal noch edler wäre, wie Du, so würde ich Dich doch nicht nehmen.

Garrulus (will sprechen).

Lisisi (läßt Garrulus nicht mehr zu Worte kommen). Du fragst: Warum nicht? Das will ich Dir sagen.

Du bist mein Jugendgespiele, trotzdem Du einige Jahre älter bist als ich; aber dafür kannst Du nicht, und ich auch nicht. Du hast es auch immer recht gut mit mir gemeint, obgleich Du mir so manchen Puff, und ab und zu auch verschiedene kleine Ohrfeigen gegeben hast. Das Alles habe ich aber schon lange vergessen, denn Scherzen mit Maßen wird zugelassen, und ich bekam gleich, nach jedem Puff, immer Zuckerwerk von Dir. Ich würde auch mein Leben für Dich lassen, wenn's die Noth erheischte; aber zum Manne möchte ich Dich nicht, denn ich würde bei Dir nie zu Worte kommen, die Sprache verlieren und schon in 14 Tagen nicht mehr wissen, ob ich noch eine Zunge habe oder nicht.

Garrulus (ruft). Du wirst grob!

Lisisi. Das thut nichts. Wo kein Gras wächst, verhungert der Gaul. Jeder Vogel singt, wie ihm der Schnabel gewachsen, und von einer Nachteule kann man keinen Nachtigallsang erwarten, willst Du sagen. Ich bin ganz Deiner Meinung und widerspreche Dir nicht.

(Musik hinter der Scene rechts.)

Garrulus. Was ist Das? (Sieht nach rechts.)

Lisisi (nach rechts sehend, freudig). Der Herrscher naht! Der Herrscher!

Garrulus. Rasch die Fichtenkränze! Rufe die Prinzessinnen!

Lisisi. Unnütz! Sie strömen schon von allen Seiten ungerufen herbei!

## Fünfte Scene.

Unter Musik und Chorgesang kommt Barribine mit ihrem Gefolge aus dem Schlosse; ihr folgen: Mamillare, Calvus, Stipp und Stopp. Aquarine mit ihrem Gefolge kommt von links — Sonnine und Indivine mit ihren Hofdamen und Hofherren treten von rechts auf — Spinat eilt von links herbei, hinter ihm erscheinen die 4 Pagen. Er und die Pagen tragen große Fichtenkränze. — Dann: Simplex mit seinem Gefolge: 2 Generäle und 4 Hauptleute — von rechts. — Während des Chors eilt Garrulus zu Spinat und nimmt ihm einen großen Fichtenkranz aus der Hand. — Die Prinzessinnen gruppiren sich links und machen mit ihren Hofdamen und Hofherren Front gegen die Coulissen rechts. — Rascher Auftritt. — Lebhaftes Spiel von allen Seiten.

No. 1. Jubel=Chor. (Mit Tanz.)
Der große Sieger,
Der edle Krieger —
Verkündet's laut:
Er kehrt zurück,
Zu uns'rem Glück,
Mit heiler Haut!
(Simplex mit seinem Gefolge erscheint und schreitet langsam vor bis zur Mitte der Bühne, während der Chor jubelnd singt:)
Wogawiga, Wigawoga,
Wogawigawigawoga — wutsch!

Simplex (ganz erstaunt). Woge — wege — wutsch? (Stärker.) Warum Wutsch?

Calbus (der sich nach rechts gezogen, mit tiefer Verbeugung). Ist von mir.

Garrulus (zu Simplex). Eine neue Dichterei, durch die alle innigen Gefühle und Leidenschaften des Herzens dem Ohre seelenvoll eingeflößt werden.

Simplex. Schon gut. (Breitet die Arme aus.) Umarme mich, Sohnemännchen.

Garrulus. Erlaube, daß ich erst den Sieger kröne, bevor ich den Papa begrüße. (Setzt Simplex den großen Kranz auf.) So! — Und nun — (Umarmt Simplex.)

Simplex (mit wehmüthigem Gesicht). Au!
Alle (theilnahmsvoll). Was ist?

Simpler. Der Siegeskranz sticht.

Garrulus. Das ist die Natur der Fichtennadeln, Papa — sie haben nämlich —

Simpler. Schon gut. (Geht zu den Prinzessinnen, die ihm entgegenkommen.) Liebwerthe Kinder — (Streckt beide Hände aus; die Prinzessinnen küssen sie.)

Die Prinzessinnen. Unwiderstehlicher Sieger!

Mamillare (von der andern Seite; will Simpler' Hand ergreifen). Unnachahmlicher Held! —

Simpler (entzieht Mamillare seine Hand). Du nicht! — (Zu den Prinzessinnen.) Ich habe Schmerzen — (Die Prinzessinnen rufen theilnehmend: „Oh!" — Er fährt gelassen fort:) daß ich bei eurer Anwesenheit abwesend war; doch hoffe ich, daß mein Sohn —

Garrulus (rasch einfallend). Alle nur denkbare Vergnügungen ersann, um euch den hiesigen Aufenthalt so angenehm wie möglich zu machen, will Papa sagen.

Simpler (gutmüthig). Was ich sagen wollte, kann ich ganz allein sagen. (Zu den Prinzessinnen.) Seid ihr zufrieden?

Barribine (kalt). O ja.

Aquarine. Der Prinz war immer sehr aufmerksam —

Sonnine. Und urkomisch.

Indivine. Ich habe ihn nie verstanden.

Simpler (zu Garrulus, indem er ihm die Wangen streichelt). Dieses Lob, aus dem Munde holdhochedler Frauen, soll Dir Deine Plauderhaftigkeit verzeihen.

Garrulus (der schon immer wieder sprechen wollte, bricht los). Plauderhaftigkeit? (Rasch.) Ei, Papa, ich bin doch nicht plauderhaft? Wenn Du den frischen Geist, der in mir wirkt und schafft, der sich fortwährend bemüht, nie eine gesellschaftliche Unterhaltung in's Stocken gerathen zu lassen, Plauderhaftigkeit nennst, so war Mama —

Simpler (hält Garrulus den Mund zu). Schweige, lieber Sohn! (Zu den Prinzessinnen.) Gern wäre ich heimgeblieben; aber der unheilvolle Krieg, der mein Land zu verheeren drohte —

Garrulus (rasch). Nöthigte Papa, sich an die Spitze seines Heeres zu stellen. Das wissen sie schon.

Simpler (gutmüthig). Nimm mir doch nicht immer die besten Reden aus dem Munde, Sohnemännchen.

Garrulus. Ich rede kein Wort mehr.

Simpler (zu den Prinzessinnen). Als wir vor dem Bache standen, der die Grenze meines Reiches —

Garrulus (dazwischen werfend). Von der Grenze unseres Gegners trennt —

Simpler (fortfahrend). War ich zweifelhaft, ob ich den Bach —

Garrulus. Ueberschreiten solltest, oder nicht.

Simpler. Von demselben Gedanken schien auch mein Gegner begeistert zu sein, der sich jenseits des Baches aufgestellt hatte.

Garrulus. Um Deine linke Seite anzugreifen; das liegt klar auf der Hand.

Simpler (unmuthig). Nichts liegt bei mir klar auf der Hand! Du schwatzest wie ein Papagei!

Garrulus. Erlaube, — ein Papagei spricht nur was man ihm vorschwatzt — ich hingegen —

Simpler. Schweige, Prinz Papagei! (Zu den Prinzessinnen.) So standen wir uns zwei volle Tage gegenüber, und sahen uns recht bedenklich an. Endlich —

Garrulus (rasch). Riß Dir die Geduld. Du stürzt Dich auf den Feind, und zerschmetterst ihn vollständig.

Simpler (gemüthlich). Blödsinn! Mit Wem soll ich denn später wieder Krieg führen, wenn ich ihn **vollständig** zerschmettert hätte? — Sei so gut, mein Sohn, und entferne dich, ich möchte gern —

Garrulus (rasch einfallend, und mit großer Zungenfertigkeit). Deine Kriegsthaten beenden, willst Du sagen. Ich finde das begreiflich. (Zu den Prin=

zeſſinnen.) Nehmet es nicht übel, holdſelige Frauen, daß ich Euch verlaſſe, und damit die Unterhaltung in's Stocken bringe; Papa, ſehnt ſich nach meinem Abgang, und als gehorſamer Sohn bin ich verpflichtet, ſeiner Sehnſucht Gehör zu geben. Wohlgerathene Kinder ſind des Alters Stab, und wenn die Kinderſchuhe zerbrochen ſind, legt man Stiefeln an. Laßt Euch die Zeit nicht lang werden. Ich bin ſogleich wieder bei Euch! (Eilt in's Schloß ab.)

Simpler (Garrulus Geplappere nachäffend). Klapperlapapperle — plapperle pap! (Gutmüthig.) Er muß ſprechen!

Barribine. Unſtatthaft!

Sonnine. Urkomiſch!

Simpler. Wo — (ſich beſinnend.) Wo blieb ich doch ſtehen, Kinderchen?

Aquarine. Am Bache — ⎫
Indivine. Zwei Tage — ⎬ (raſch hinter=
Barribine. Vor dem Feinde — ⎭ einander.)

Sonnine (lachend). Und ſaht euch bedenklich an.

Simpler. Richtig. Nachdem wir uns mithin ſchlagfertig und kampfunfähig gezeigt, zogen wir uns gegenſeitig zurück, und ſchloßen Frieden.

Barribine. Ganz in der Ordnung.

Simpler. Mit Siegesdenkmälern beladen, kehren wir heim. (Zu ſeinem Gefolge.) Wo iſt die Sturm=haube?

Ein General. Noch nicht ausgepackt.

(Prinz Garrulus erſcheint auf dem Balcon des Schloſſes).

Simpler. Auf dem Rückzugsmarſch.

Garrulus (auf dem Balcon. Raſch einfallend). Wurdeſt Du müde —

Simpler (dazwiſchen). Da iſt er ſchon wieder!

Garrulus (ohne Unterbrechung). Legteſt Dich unter einen Berberitzen=Strauch, und ſchliefſt ein —

Simpler (mißmüthig). Schweige! (Zu den Prinzeſſinnen.) Plötzlich vernahm ich ein Piepen —

Die vier Prinzessinen (verbessernd). Quik=
ken —

Garrulus (rasch). Quaken. Erwachtest —
sahst einen grünen Storch, der eine Maus im Schnabel
hielt, mit der er entfliehen wollte —

Simpler. Kannst Du denn gar nicht schweigen?

Garrulus (scherzend). Ich bin ja Dein Papa=
geichen, Papa, folglich muß ich schwatzen.

Simpler (ärgerlich). Wahrlich, mein Sohn —
ich wünsche Du wärst ein Papagei, und flögest auf
und davon!
(Furchtbarer Donnerschlag. Alle erbeben. Der Prinz
verschwindet und statt seiner sitzt auf der Brüstung des
Balcons, ein großer Papagei, der mit lautem Lachen,
die Flügel ausbreitet, und vom Balcon ab, in die
Coulisse rechts fliegt, wo er verschwindet.)

Alle (schreien laut auf, indem sie auf den Papagei
deuten). Ha!

Simpler (indem der Papagei davonfliegt). Mein
Sohn! Mein Sohn!

Alle. Er wurde Papagei!

Barribine (zu Simpler). Dein Wunsch ging
in Erfüllung!

Simpler (droht zusammenzusinken). Haltet mich!
Ich verliere den Standpunkt!
(Alle umgeben Simpler. Die Pagen tragen rasch einen
Sessel vor, worauf Simpler gesetzt wird. Die Prin=
zessinnen halten ihm ihre Riechfläschchen unter die Nase,
andere Damen wedeln ihm Luft zu.)

No. 2.   Doppel=Chor.

NB. Der Chor kann wegbleiben, und geht es dann gleich
zur nächsten Rede über.

| Erste Hälfte. | Zweite Hälfte. |
|---|---|
| Er ist hin — | Nein, er ist fort! |
| Erste Hälfte. | Zweite Hälfte. |
| Ausgegangen — | Fortgeflogen — |

Erste Hälfte.     Zweite Hälfte.
Lief nach Süd —     Nein, zog nach Nord.
Erste Hälfte.     Zweite Hälfte.
Gerade aus —     O nein, im Bogen.
Erste Hälfte.     Zweite Hälfte.
Seine Arme —     Nein die **Flügel**.
Erste Hälfte.     Zweite Hälfte.
Seine Stimme —     Sein Geschrei —

Beide Chöre.
Rief laut über Thal und Hügel:
„Seht, ich bin ein Papagei!"

Simpler (hat sich wieder erholt und spricht wehmüthig). Mein Erbe, ein Vogel?

Lisisi. Der arme Prinz!

Simpler (indem er aufsteht). Mein ganzes Reich liegt in der Luft!

(Die Pagen tragen den Sessel bei Seite.)

Calvus (händeringend). Meine Erziehung fliegt in die Wolken!

Die Prinzessinnen (umgeben Simpler). Beklagenswerther Vater!

Simpler (umherblickend). Wo ist die Drude? Ruft die Drude! Die Drude!

(Die Drude erscheint plötzlich auf der Erhöhung im Hintergrunde.)

Lisisi. Deine Weissagerin? Dort sitzt sie! (Deutet auf die Erhöhung.)

(Alle treten nach rechts und links zurück, so daß die Mitte frei und die Drude ganz sichtbar wird.)

Simpler (zur Drude). Weißt Du, was hier geschah?

Die Drude (ein altes eingeschrumpftes Weib in grauem Kleide und langem grauen Schleier, einen Stab in der Hand).

Ich hörte, und ich sah.

Simpler. Und was kannst Du mir drob verkünden?

Drude.
Wenn wir im Reiche eine Jungfrau finden,
Die rein von Herzen und von Sitten ist,
Und die noch niemals einen Mann geküßt;
Die nicht Gefahren, selbst den Tod nicht scheut,
Prinz Garrulus zu retten, und noch heut', —
Bevor der Abendstern am Himmel prangt, —
Zu Amarant, der Felsenfee gelangt,
Uneigennützig das, was ihr gesagt wird, thut —
Dann ist es möglich, daß Dein Prinzenblut
Erlöst vom Banne wird, und daß es wieder
Als Mensch sich zeigt, ohn' Papagei-Gefieder.

Simplex. Und wo — sag' an — wo herrscht die Fee?

Drude. Im Blut-Gebirg', — auf steiler Höh'! (Verschwindet.)

Simplex (zu den Prinzessinnen).
Habt Ihr gehört? — Diejenige, welche mir —
Dies sei geschworen bei der Sonne hier —
Den Sohn erlöst und ihn zum Menschen macht,
Soll mit ihm theilen Thron und Herrscherpracht,
Der Ehe Glück und nie der Ehe Weh.
Wer von Euch Vieren eilt zur Felsenfee?

Indivine. Ich nicht. (Wendet sich ab.)

Sonnine. Ich auch nicht. (Wendet sich ab.)

Aquarine.
Ich liebe märchenhafte Abenteuer,
Jedoch, um eines Mannes wegen, mich
In die Gefahr zu stürzen, scheint mir nicht geheuer,
Und wo der Tod droht, dafür danke ich.
(Wendet sich ab.)

Barribine (stolz und verächtlich).
Geboren ward ich nicht, ein Thier zu zähmen,
Das in der Luft fliegt, ungebunden, frei;
D'rum werd' ich niemals einen Gatten nehmen,
Von dem es heißt: er ist ein Papagei!
(Wendet sich ab.)

Simplex (zu den anderen Frauen).
Nun? Und Ihr Andern? — Alles senkt den Blick?
Wer bringt mir meinen Garrulus zurück? —
Lisisi (rasch vortretend).   Ich will es thun!
Alle. Du?
Simplex. Du? Des Gärtners Kind?
Lisisi.
Von Jugend auf war ich ihm treu gesinnt;
(Mit einem Blick auf Barribine.)
Und fließt in mir auch nicht hochedles Blut,
So hab' ich doch ein Herz und frischen Muth —
Scheu nicht Gefahr noch Tod, scheu' nicht den Bösen,
Und eil' zum Blut=Gebirg, ihn zu erlösen!   (Eilt ab.)
(Gruppe des Erstaunens. Hohnlächeln der Prinzessinnen.)

Der Vorhang fällt rasch.

Ende des ersten Actes.

## Zweiter Aufzug.

Wilde Hochebene im Blutgebirge. Im Hintergrunde, und an den Seiten, hohe zackige blutrothe Felsen, die theilweise weit hervorspringen, und einen schauerlichen Anblick gewähren. Groß und kleines Geröll überall. — Sonnenuntergang.

### Erste Scene.
Lisisi (kommt von rechts, aus der Tiefe).
Dann: Stopp.

Lisisi (außer Athem). So! — Da bin ich, und viel früher als ich dachte; denn die Sonne geht erst unter, und der Abendstern steht noch nicht am Himmel. (Sinkt zusammen.) Aber — ich fühle meine Beine! (Aufathmend.) Ach — habe ich klettern müssen! Und immer war es mir, als zupfe mich Jemand am Kleide, nnd riefe hinter mir her: „Lisisi! Lisisi!" sobald ich mich aber umsah, war keine Katze zu sehen, geschweige ein Mensch.

Stopp (hinter der Scene ruft.) Lisisi! Lisisi!

Lisisi (richtet sich halb auf.) Schon wieder! — Sollte das der arme Prinz sein, der jetzt als Papagei herumfliegen muß, mich gesehen hat, und mir nachfliegt?

Stopp (näher.) Lisisi!

Lisisi. Nein — das ist nicht seine Stimme. (Steht auf). Das ist —

Stopp (noch näher.) Lisisi! Lisisi!

Lisisi (Ruft nach rechts.) Hier! Hier!

**Zweite Scene.**

Stopp. Lisisi.

Stopp (kommt rechts, aus der Tiefe). Na — endlich hab ich Dich eingeholt. Machst Du lange Schritte! (Schwankt.)

Lisisi (erstaunt). Du bist es, Stopp?

Stopp (athemlos). Ganz Stopp — durchweg Stopp — immer Stopp.

Lisisi. Wer brachte Dich hierher?

Stopp. Meine zwei Beine — (Sinkt zusammen.) die nicht mehr halten, und zusammenknicken.

Lisisi. Aber was willst Du hier?

Stopp. Bei Dir bleiben, und Dich beschützen, sobald Gefahr Dir droht; denn Du bist meine leibhaftige Muhme, und hast meine Mutter gepflegt als sie krank war — das vergesse ich nicht. Als Du davonliefst, dachte ich mir: ist das ein Mädel! Und was **wäre** das Mädel, für ein Mädel, wenn das Mädel, als Mädel, kein Mädel, und ein Junge wär! Die darfst Du nicht unbewacht lassen! Und machte mich auf die Beine, und lief Dir nach.

Lisisi. Das ist hübsch von Dir; aber Du mußt mich gleich wieder verlassen. Hier kann ich Dich nicht brauchen.

Stopp. Warum nicht?

Lisisi. Nur eine Jungfrau findet Einlaß bei der Fee. Na, und Du bist doch keine Jungfrau.

Stopp (verdutzt). Nicht? — (Besinnt sich rasch.) Richtig — hast Recht! (Indem er aufsteht.) Aber wenn Dir nun die Hexe ein Leid anthun will?

Lisisi. Wirst Du es nicht hindern. (Lächend). Hast ja keinen Muth.

Stopp. Oho! Als wir Krieg hatten, habe ich mich — bevor noch an eine Schlacht zu denken war — sofort gefangennehmen lassen — gehört dazu etwa kein Muth?

Lisisi (lächelnd). Ei freilich — großer Muth. — Doch bitte ich Dich: geh! Erwarte mich unten, am Fuße des Berges.

Stopp. Wie? Ich sollte Dich allein lassen? Hier, wo die Berge Füße haben und Einem die Haut gruselt?

Lisisi. Ich fürchte nichts. Geh — geh!

Stopp. Nein, ich bleibe, weil ich Muth habe! Dicken Muth! Hier setze ich mich auf diesen Stein — (Setzt sich auf einen Stein rechts.) und gehe nicht von dannen —

Lisisi (ärgerlich). Mach, daß Du fort kommst! (Wendet sich erzürnt von ihm ab, und betrachtet die Felsen links.)

Stopp (muthig). Gehe nicht eher von dannen — als bis dieser Stein, ein Ziegenbock wird, und mich hinunter bis zu den Füßen des Berges trägt. (Der Stein verwandelt sich in einen Ziegenbock und springt mit Stopp rasch rechts ab.)

Stopp (schreit, indem der Ziegenbock mit ihm abspringt.) He! Halt! Hülfe! Stopp! Hülfe! Hülfe!

## Dritte Scene.

Lisisi (allein.) Dann: Gestalten.

Lisisi (die, sowie Stopp schreit, sich nach ihm umsieht). Was ist? — Himmel! Ein Ziegenbock springt mit ihm den steilen Fels hinunter — (Ruft nach rechts.) Stopp! Stopp! Halte Dich fest! Faß' ihn bei den Hörnern! — Er ist nicht mehr zu sehen. (Es wird Nacht.) Das hat die Fee vollbracht. — Sie ist in meiner Nähe. — Ruf' ich sie an?

(Eine Riesengestalt, in enganliegender, hellblauer Kleidung — mit großem hellblauen Kopf, feuerrothglänzenden Augen, struppigen blauen Haaren — eine große, dicke, blaue Keule in der Hand, erscheint plötzlich, aus der Erde steigend, an Lisisis linker Seite).

Erste Gestalt (mit starker Stimme — indem sie Lisisis linken Arm ergreift.) Thu's nicht!

Lisisi (erschrickt einen Augenblick). Ha! (Indem sie sich zur Gestalt wendet.) Laß los! — (zieht ihren Arm zurück.) Wer bist Du?

Erste Gestalt. Der Herr des Blutgebirges!

Lisisi. Du lügst! Hier herrscht und waltet eine mächtige Fee. Ich rufe sie!

(Eine zweite Riesengestalt, in enganliegender lichtrother Kleidung — mit großem lichtrothen Kopf, phosphorblaustrahlenden Augen, struppigen rothen Haaren, eine große, dicke, rothe Keule in der Hand erscheint plötzlich, aus der Erde steigend, an Lisisis rechter Seite.)

Zweite Gestalt (mit starker Stimme — indem sie Lisisis rechten Arm ergreift). Thu's nicht!

Lisisi (indem sie sich zur zweiten Gestalt wendet, und ihr den Arm entreißt). Wer will mich daran hindern?

Beide Gestalten (indem sie ihre Keulen drohend über Lisisi erheben). Wir!

Erste Gestalt. Ein Ruf von Dir, und wir zerschmettern Dich!

Lisisi (durch die Gestalten halb niedergedrückt). Ich muß zur Fee — (Muthig). Schlagt zu! (Ruft stark.) Fee Amarante!

Beide Gestalten (lassen ihre Keulen halb sinken, wobei sie wüthend rufen:) Schweig!

Lisisi (ruft stärker). Fee Amarante!

Beide Gestalten (wüthender — indem sie ihre Keulen ganz zur Erde senken). Kein Wort!

Lisisi (mit der ganzen Kraft ihrer Stimme). Fee Amarante!

(Musik. Mit Lisisis letztem Ruf, entsteht ein furchtbares Knistern und Krachen — tiefe Nacht, und Windgeheul. Die Gestalten versinken mit grellem Schrei; zugleich erscheint auf der Hochebene des mittleren Felsen, Fee Amarante. — Dies Alles muß das Werk eines Augenblicks sein).

## Vierte Scene.

Lisisi. Fee Amarante (eine hohe Gestalt; ganz schwarz gekleidet; mit langen wild um den Kopf fliegenden Haaren; einen goldenen kleinen Stab in der Hand). Dann: die wilden Weiber.

Amarante (immer wild im Sprechen, sowie in allen Bewegungen). Wer wagt es, frech hier einzudringen, und mich zu rufen?

Lisisi. Verzeih wenn Unrecht ich gethan. Bin ein schlichtes einfältiges Mädel, und weiß nicht, was bei Feen schicklich ist.

Amarante. Und damit glaubst Du meinen Zorn zu bannen? Nicht unbestraft betritt man mein Gebiet.

Lisisi. Ich bin in Deiner Macht, doch wirst Du gnädig sein. Nicht der Eigennutz treibt mich zu Dir, für einen Andern steh ich hier, um Deine Hülfe zu erflehen, und Du wirst sie mir gewähren da ich, bevor der Abendstern erschien, Dein Reich betrat.

Amarante (höhnisch und wild). Ei — bist Du Deiner Sache so gewiß?

Lisisi. Wär' ich sonst hier? — Die Drude hat's verkündet.

Amarante. Und solchem dummen Wortgeschwätze schenkst Du Glauben?

Lisisi. Nie sprach die Drude unwahr.

Amarante. So log sie Dir zum ersten Mal, und Deine Leichtgläubigkeit soll Dir böse Früchte tragen. Ich laß' dich von den wilden Weibern geißeln, so lange geißeln, bis Du zu meinen Füßen, wie ein gehetztes Wild verendest.

Lisisi (mit dem Fuße aufstampfend). Ei, thu, was Dir beliebt! (Trotzig.) Wenn Du nicht helfen willst — so strafe; nur drohe nicht; denn das ist schlecht!

Amarante. Noch trotzig, freches Ding? Das sollst Du büßen! (Wild, ihren Stab schwingend).

Herbei, ihr wilden Weiber! Züchtigt mir,
Mit Dorn und Nesselkraut, die Dirne hier,
Die es gewagt hat, ungebeten
Mein Feenreich keck zu betreten!

(Musik. — Aus Felsblöcken und Felsenrissen stürzen die wilden Weiber hervor — große schwarze Gestalten mit fliegenden Haaren — die Dornenruthen und Nessel=stauden schwingen, Lisisi wild umkreisen, schließlich sich auf sie stürzen und sie packen, um sie zu züchtigen).

Amarante (mit starker Stimme). Halt! — Die Dirne soll nicht durch die Geißel enden; ein härteres Loos hab' ich ihr zugedacht.

Die Weiber (lassen Lisisi los).

Amarante (zu Lisisi, höhnisch). Hui! Zitterst Du jetzt, trotzige Bauermagd?

Lisisi (mit verbissenem Grimm). Ja! Doch nicht aus Furcht — vor Wuth, daß Du, ein Weib, das Macht besitzt, die Felsen umzustürzen, ein hülflos schwaches Mädel willst vernichten, das ganz allein und wehrlos zu Dir kam. Man nennt im Lande Dich die gute Fee? Die böse Hexe sollte man Dich nennen; denn schwarz, wie Dein Gewand, ist auch Dein Herz!

Die Weiber (wild). Sie lästert! (Schwingen ihre Ruthen.) Züchtigt sie!

Amarante. Halt, sage ich! — Die Strafe wäre zu gering! — Ergreift sie, schleift sie her zu meinen Füßen!

Die Weiber (ergreifen Lisisi). Komm!

Lisisi (reißt sich los). Laßt mich! — Ich geh' allein! (Während sie zur Hochebene läuft — zu Amarante.) Mache mit mir, was Du willst! Du hörst aus meinem Munde keinen Laut mehr, der um Gnade bittet. (Steht nun auf der Hochebene, neben Amarante. Die wilden Weiber bleiben am Fuße des Berges stehen.)

Amarante (ergreift Lisisi's Hand. Immer wild). Dein Trotz soll Dir vergehen! (Vor sich hindeutend, wo sich, hinter dem Felsstück, welches die Hochebene deckt, der Abgrund befindet.) Siehst Du den schwarzen Abgrund hier zu Deinen Füßen?

Lisisi (fest). Ja!

Amarante. Er soll Dein Ruhebett für alle Zeiten sein! Zehntausend Klafter ist er tief — aus seinen Wänden treten spitze, zackige Gesteine weit hervor. Nicht meine Hand will ich mit Dir beflecken, Du sollst Dir selbst den Tod geben! — Hinein mit Dir! Stürz' Dich hinunter auf die spitzen Felsen, spieße Dich, und verhungere dort!

Lisisi.
Nichts kann mich Deiner Bosheit mehr entzieh'n —
Ich bin verloren — Niemand macht mich frei;
Der Schwache kann dem Starken nicht entflieh'n —
So stehe mir der gnäd'ge Himmel bei!

(Sie stürzt sich in den Abgrund. Rauschende Musik. Mit einem Schlag verwandelt sich das Blutgebirge in einen reizenden Feenpalast. Die Decke — von Silberlahn mit Blumenguirlanden durchzogen, die aus Immergrün, Maßliebe, Tausendschön, Fuchsschwanz u. s. w. gewunden sind — ruht auf Silbersäulen, die ebenfalls mit Blumenguirlanden umwunden sind. Der mittlere Felsen, die Hochebene, worauf Amarante steht, verwandelt sich in ein Himmelbett, welches aus Silberlahn und Blumenguirlanden besteht. Auf diesem Bett liegt Lisisi mit geschlossenen Augen. Auf einem hohen Gestell, zu dem rechts und links Silberstufen führen, steht Amarante in reizender Feenkleidung. Ihr zur Seite, rechts und links, von der oberen bis zur untersten Stufe: Blumen-Genien. Im Vordergrund der Bühne und an den Seiten — nämlich überall da, wo Felsenstücke standen — Gruppen von Blumen-Genien. Die wilden Weiber sind verschwunden. Heller Sonnenschein.)

NB. Diese ganze Decoration muß sich aus den einzelnen Felsstücken der vorigen Decoration, und zwar mit einem Schlag, entwickeln. — Die Musik, welche bei Lisisi's Sprung mit einem Furioso einsetzte, geht, nach der Verwandlung, in ein sanftes Adagio über.

No. 3. Chor der Blumen-Genien. (Mit Tanz.)
Durch den Tod, nur durch den Tod,
Den Du selber Dir gegeben,
Wurdest bar Du aller Noth,
Und erwachst zum neuen Leben.
Nicht in kalter Grabesluft
Solltest Du Dein Dasein enden;
Blüthenregen, Blumenduft
Dir die guten Feen spenden. (Gruppe.)

NB. Wo kein Ballet vorhanden ist, werden während des Chors nur Gruppirungen ausgeführt.

Amarante (ist während des Chors hinuntergestiegen, steht nun vor Lisisi, und berührt sie mit ihrem goldnen Stab). Oeffne die Augen und blicke umher!

Lisisi (erwacht — richtet sich halb auf, und spricht erstaunt). Wo bin ich? — Träume ich? — Hat mich nicht die tiefe Felsschlucht verschlungen? (Steht ganz auf. Zu Amarante.) Wer ist die hohe Frau, die mich so freundlich anschaut?

Amarante (gütig). Dein Schutzgeist — nicht die böse Hexe Amarante.

Lisisi (kniet). Vergieb mir, gute Fee! Ich bin —

Amarante (einfallend). Ein einfältiges Mädel, das nicht mit Feen umzugehen weiß — (lächelnd) das habe ich schon von Dir gehört.

Lisisi. Und es ist wahr; aber ich will mir von nun an recht viel Mühe geben, die guten Feen besser kennen zu lernen, damit ich nie wieder einen dummen Streich mache.

Amarante (lächelnd). Thu' das — es wird zu Deinem Heile sein. — Die erste Prüfung hast Du überstanden. Du scheutest nicht Gefahren, noch den Tod. Zeigst Du Dich ferner so muthig, gelingt, was Du Dir vorgenommen hast.

Lisisi (erstaunt). Ja — weißt Du denn, weshalb ich zu Dir kam?

Amarante. Durch meine Schwester Maus, die Deinem Herrscher einen Wunsch gewährte, der ihm, weil er ihn ohne Ueberlegung sprach, nicht Glück, — nur Unheil brachte.

Lisisi. Nicht wahr? Ist es nicht schrecklich, statt eines Sohnes, einen Vogel zu haben?

Amarante (lächelnd). Namentlich einen Papagei.

Lisisi. Aber Du wirst ihn wieder zum Menschen machen — nicht?

Amarante. Das steht nicht in meiner Macht. Ich kann Dir nur Mittel und Wege angeben, durch die er — und zwar nur ganz allein durch Dich — seine menschliche Gestalt wieder erhalten kann.

Lisisi. O bitte, nenne sie! Es fehlt mir nicht an Muth, das Schwerste zu vollbringen.

Amarante. Willst Du den Prinzen retten, mußt Du zuerst in das Gebiet des bösen Zauberers Bindibondibarbelbuck dringen.

Lisisi. Bin — di — borbel, babel —?

Amarante. Nicht doch. (Langsam.) Bindibondibarbelbuck.

Lisisi (rasch). Bindibondibarbelbuck — Bindibondibarbelbuck! Den Namen vergesse ich nicht mehr.

Amarante. In einem seiner Schlösser lebt Prinzessin Mies, die er verwünscht hat. Dort befindet sich ein goldenes Haar, womit die Prinzessin mit ihrem Hofstaat entzaubert und befreit werden kann. Gelingt es Dir, das goldene Haar zu finden, und erlöst Du die Prinzessin, dann erfährst Du auch dort den Ort, wo das Kraut wächst, das breite Blätter und gelbe Blumen hat, und zur Erlösung Deines Prinzen Dir nicht fehlen darf. Doch Deine Hand darf dieses Kraut nicht pflücken, aus fremder Hand mußt Du es bekommen, wenn es Dir helfen soll.

Lisisi. Das ist nicht leicht! — Sprich, wird das Haar in einem Schrein verwahrt?

Amarante. Es ruht in einer kleinen runden Kapsel, die aus einem Demantstein geschliffen, und nicht größer als eine Erbse ist. Wo Du die Kapsel findest, verbietet mir zu sagen unser Zauberfürst Merlin. Es zeigt die Kapsel einen kleinen **Punkt**, nichtgrößer als ein Stich der feinsten Nadel. Das ist das Schloß, zu welchem Bindibondibarbelbuck den Schlüssel, der noch feiner als ein Härchen ist, in seinem Zauberstab verwahrt. Noch mußt Du wissen, daß die eiserne Pforte, die zur Burg des Zauberers führt, durch Menschenhände nicht zu öffnen noch zu sprengen ist.

Lisisi. Das Kraut soll ich mit eigner Hand nicht pflücken, und Menschenhände öffnen nicht die Pforte? Wie komm ich denn hinein?

Amarante (winkt. Ein Blumengeist eilt herbei und reicht ihr ein kleines Kästchen). Der Schlüssel zu den Schlössern aller Zauberpforten — (Indem sie eine kleine Wurzel aus dem Kästchen nimmt.) ist diese Springwurzel. Jede Pforte woran Du sie hältst, springt auf, und läßt Dich ein. Sie öffnet jedes Schloß in reiner, unbefleckter Hand. — Verlier' sie nicht. (Giebt Lisisi die Wurzel.)

Lisisi. Ich will sie wahren, wie mein Augenlicht. (Steckt die Wurzel ein.)

Amarante. Noch ist ein Hinderniß zu überwinden, das schwer zu überwinden ist. Kein Weib — hat Bindibondibarbelbuck bestimmt — kann in das Schloß gelangen, ohne von der Prinzessin ihrem Hofstaat getödtet zu werden, und doch — so lauten seine Worte — soll nur ein Weib, das kein Weib ist, die Prinzeß erlösen können.

Lisisi. O weh! (Nach kurzem Besinnen.) Mag es drum sein — ich wage es doch! — Wo liegt das Schloß?

Amarante. Prinz Papagei wird Dir die Wege zeigen.

Lisisi (freudig). So werd' ich meinen lieben Prinzen sehn?

Amarante. Er wird voran Dir fliegen.

Lisisi. Und auch mit mir sprechen?

Amarante. In seiner Papageien-Sprache, die Du verstehen wirst. Für jeden Andern bleibt sie unverständlich. — Auch steht, vielleicht, Fee Maus Dir freundlich bei.

Lisisi. Darf ich denn auch — fast hätt' ich das vergessen — den Stopp mitnehmen, der mich begleiten will?

Amarante. Das sei Dir unverwehrt, nur laß ihn nicht mit Dir das Schloß betreten; sein Tod wär' unfehlbar.

Lisisi. Nun sage mir noch Eins —

Amarante (einfallend). Nichts sag' ich mehr.
Was ich Dir sagen durfte, hörtest Du. — Drum frag'
nicht weiter. Der Mensch sucht in den Sternen oft,
was auf der Erde ihm ganz nahe liegt. Das merke
Dir, und geh'.

Lisisi.

Ich geh', und handle treu nach Deinem Worte;
Doch, wird der Prinz erlöst, sei's heut' sei's über's
Jahr,
Dann klopf' ich wiederum an Deine Pforte
Und bring' Dir meinen Dank aus voller Seele dar.

(Amarante winkt. Eine Seite des Hintergrundes öffnet
sich und man erblickt durch die Oeffnung eine lachende
Landschaft. Amarante reicht Lisisi die Hand und führt
sie dann zum Ausgang. Während die Blumengenien
Gruppen bilden, fällt der Vorhang.)

NB. Soll dieser Act mit Tanz schließen, ist nach den
Worten: „Und bring' Dir meinen Dank aus voller
Seele dar" noch einzuschalten:

Amarante (reicht Lisisi die Hand).

Willkommen sollst Du mir zu jeder Stunde sein.
(Zu ihren Geistern.)
Den Trank der Blumenfee schenkt ihr zur Stärkung
ein,
Damit sie nicht im Kampfe unterliege,
Und meinen Feind im Moosgebiet besiege!

(Sie winkt. Ballet, worin Lisisi Wein kredenzt
und ihr schließlich das Geleit gegeben wird. Das
Ganze wird der Phantasie des Balletmeisters über=
lassen, und muß mit einer effectvollen Gruppe den
Act beschließen.)

Ende des zweiten Actes.

## Dritter Aufzug.

Kurze Dekoration. — Dichter Urwald. In der Mitte, der Eingang zu einem aus großen Steinen gebauten Schlosse, mit einer breiten und hohen eisernen Pforte. Rechts und links (Seitenflügel) hohe Riesenbäume, und Gebüsche (praktikabel). (Schloßeingang und Urwald müssen der offenen Verwandlung wegen, auf der Hintergardine gemalt sein. Die Seitenflügel und Gebüsche werden hineingezogen).

### Erste Scene.

Moosleute, (Männer und Weiber — kleine Gestalten — ganz mit grünem Moos bekleidet, tanzen in der Mitte der Bühne.) Größere Moosleute — liegen im Grase und singen). Dann: Bindibondibarbelbuck, mit Bruder Nickel und Schlitzöhrchen (aus der Schloßpforte).

No. 4. Chor der Moosleute
(mit wildem groteskem Tanz).

Auf der Heide im Moor und im Holz
Hausen wir Moosleute keck und stolz!
Hier können wir jubeln, hier können wir singen,
Hier können wir tanzen, hier können wir springen,
Auf grünem Moos gemächlich ruhn —
(Mit grotesken Sprüngen).
Huck huck — Huck huck — Huck huck — Huck huck!
Denn Bindibondibarbelbuck
Versah mit Kreuzelein
Baum, Strauchwerk, Felsgestein,
Und der wilde Jäger kann uns nichts thun!
(Indem sie sich niederhucken.)
Huck! Huck! (Gruppe).

(Mit einem starken schrillenden Tamtamschlag, springt die eiserne Pforte auf, und man erblickt Bindibondibarbelbuck. Ihm zur Seite stehen Nickel und Schlitzöhrchen. In der Halle liegen zwei große Drachen mit feurigen Augen).

Alle Moosleute (indem sie verschiedene Gruppen bilden.) Der Meister! Der Meister!

Bindibondibarbelbuck. (in der Halle — zu den Moosleuten.) Verschwindet, ihr Geister!

(Die Moosleute verschwinden).

Bindibondibarbelbuck (tritt mit Nickel und Schlitzöhrchen aus der Halle.) Ich muß nach Hessen zu dem Nixenbronn; doch kehre ich bald zurück. Bewacht das Schloß! — Von dieser Seite durch die Pforte, kann kein Mann hinein, und sollte es Einer wagen, würde er von meinen Drachen dort verbrannt. Doch achtet auf den See, der an den Garten stößt. Jenseits des Wasser herrscht die Mäusefee, und der ist nicht zu trauen.

Nickel. Sei unbesorgt! Das Wasser ist mein Element! Ich bringe jeden Kahn auf einen Buchenbaum, und laß ihn dort zerschellen.

Schlitzöhrchen. Und Jeder, der den See durchschwimmen will, ist mein! Ich tauch ihn neun mal unter und ersäufe ihn.

Bindibondibarbelbuck. So geht. (Nickel und Schlitzöhrchen eilen durch die Pforte in's Schloß).

Bindibondibarbelbuck (winkt — die eiserne Pforte schließt sich mit schrillendem Tamtamschlag.) Noch immer will mir die Prinzessin ihre Hand nicht reichen. Drei Tage gab ich ihr Bedenkzeit noch, und zeigt sie dann noch widerspenstig sich, dann bleibt sie was sie jetzt ist! (Will ab, nach links, in demselben Augenbli<sup>c</sup> hört man oben, in der Luft ein Posthorn blasen).

Bindibondibarbelbuck (bleibt stehen und nach rechts, in die Luft.) Alle Wetter! Die Brie<sup>f</sup> Und zu dieser Stunde?

(Ein phantastisch gekleideter Briefträger, mit Merkur=
flügeln am Hut und an den Füßen, eine Ledertasche
umgeschnallt, mit Posthorn und Holzpeitsche — kommt
aus der Luft auf einer Draisine reitend, und läßt sich
vor Bindibondibarbelbuck nieder).

Briefträger (reicht Bindibondibarbelbuck einen
großen Brief.) An Bindibondibarbelbuck, dem Rüssel=
nasigen.

Bindibondibarbelbuck. Woher?

Briefträger. Aus König Merlins Bade=Residenz.

Bindibondibarbelbuck. Wird unfrankirt nicht
angenommen.

Briefträger. Es ist ein Eingeschriebener und
freigemacht. (Fliegt davon).

Bindibondibarbelbuck (indem er das Schreiben
öffnet.) Was will denn der Alte schon wieder von mir?
(Liest, und stampft mit dem Fuße auf. Immer in den
Brief sehend.) Ich soll sofort vor seinem Stuhl er=
scheinen, und mich rechtfertigen? Hat mich abermals
Amarante angeschwärzt? — Ich muß gehorchen! denn
thät' ich's nicht, bräch' er mir abermals ein Stück von
meinem Zauberstabe ab, und meine Macht wäre hin!
(Indem er rasch links abeilt.) He, Zambo! Zambo!
Rasch meinen Bockhirsch, meinen Traveláph! (Ab).

## Zweite Scene.

Papagei Garrulus. Dann, Lisisi, (als Mann; in
Stopp's Anzug.) Gleich darauf: Stopp, (als Mädchen,
in Lisisis Anzug).

(Papagei Garrullus, fliegt von rechts nach links
über die Bühne, und verschwindet einen Augenblick hinter
dem Gebüsch links).

Lisisi (rasch von rechts auftretend.) Halt an, mein
Prinz! ich muß ein Wenig ruhen. (Sieht umher.) Ich
sehe ihn nicht mehr! Wo mag er stecken?

**Papagei G.** (erscheint auf dem Gebüsch links.) Hier, Lisisi! Hier! Hier!

**Lisisi** (Auf das Schloß deutend.) Ist dies das rechte Schloß?

**Papagei G.** Freilich — freilich! Ach — ach — ach — ach!

**Lisisi.** Du jammerst? Bist Du müde?

**Papagei G.** Hungerig! Hungerig!

**Lisisi** (deutet nach links.) So flieg nach jenem Baum — dort hängen —

**Papagei G.** (einfallend). Früchte, willst Du sagen? Mag keine Früchte mehr. Ach, — ach -- ach, ach!

**Lisisi.** Wehklage nicht, mein armer Prinz!

**Stopp** (von rechts. Mit großen Schritten). Nein, Lisisi — sage mir endlich, weshalb ich Dir meine Kleider geben, und mich in Deine Röcke mummeln mußte?

**Lisisi.** Das brauchst Du nicht zu wissen.

**Stopp.** Nicht? Dann behalt's für Dich. (Mit großen Schritten.) Wie eng die Kleider sind! — Wo ist der Prinz geblieben?

**Lisisi** (Zeigt auf den Papagei). Dort sitzt Er ja.

**Stopp.** Armes Vieh! — Wie er den Kopf hängen läßt.

**Lisisi.** Er ist traurig.

**Stopp.** Weshalb?

**Lisisi.** Schöne Frage! Wenn ein Prinz Mensch war, und plötzlich Vogel wird, soll er darüber traurig oder lustig sein?

**Stopp.** Mißvergnügt!

**Lisisi.** Nun also! — Nebenher ist er hungrig.

**Stopp.** Woher weißt Du das?

**Lisisi.** Hat es mir ja eben gesagt.

**Stopp** (erstaunt). Verstehst Du denn, die Papageiensprache?

**Lisisi.** Wort für Wort.

**Stopp.** Ich keine Silbe.

Lisisi. Hast auch keine so lange Ohren wie ich. — (Zum Papagei.) Prinz — fliege über den Thurm, und schau, wo die Prinzessin steckt.

Papagei G. Gleich Lisisi! (breitet die Flügel aus.)

Stopp. Mein Seel, er hat's verstanden!

Lisisi (rasch). Doch halte Dich vom Menschenvolke fern. Man könnte Dich fangen und einsperren. Vergiß nicht, daß Du jetzt ein Vogel, und kein Prinz mehr bist.

Papagei G. Werde daran denken! (Indem er in die Höhe fliegt.) Ach, ach, ach, ach! (Verschwindet.)

Lisisi. Der arme Junge!

Stopp. Heute groß, morgen klein — heute oben, morgen unten!

Lisisi. An's Werk! — Stopp — Du rückst und rührst Dich nicht. Setz' Dich — (Deutet auf ein Gebüsch rechts.) dorthin, und warte bis ich wieder komme.

Stopp. Warten kann ich schon; aber — wenn hier nun Geister hausen, — mich ansprechen, werden sie ja sofort an meinem Sprachwerkzeug erkennen, daß ich kein Mädchen bin, und dann geht mir's schlecht.

Lisisi. Ach, was! — Geister — und wären es die Größten, lassen sich ebenso gut täuschen, wie gewöhnliche Menschenkinder. Aber das Beste wird sein, Du legst Dich auf's Ohr, und schläfst.

Stopp. Ja — aber auf welches? Lege ich mich auf's Rechte, bleibt das Linke geöffnet, und leg' ich mich auf's Linke, verstopfe ich das Rechte nicht. Wenn ich mich nicht auf beide Ohren zugleich legen kann, werde ich auch nicht einschlafen.

Lisisi. So thu', was Dir beliebt. (Nachdenkend.) Erst soll ich an die Pforte klopfen, sagte mir beim Abschied noch die Fee, und im Namen des Zauberers Einlaß begehren —

Stopp. So hast Du mir erzählt. Und wenn nicht geöffnet wird —

Lisisi. Muß die Springwurzel helfen. (Geht zur Pforte.)

Stopp (ängſtlich). Wenn das nur gut abläuft!

Liſiſi (klopft). Holloh! Macht auf! — Im Namen Barr — (ſucht den Namen.) Burr — Nein! So war es nicht. — Stopp, hilf! Ich nannte Dir den Namen ja. Wie war er?

Stopp. Barbar — nein — bar — barbara —

Liſiſi (den Namen ſuchend). Nicht doch — Berr — Berr — er lief auf Berr aus.

Stopp. Richtig! Berberitzel!

Liſiſi (ungeduldig). Falſch! Du behältſt doch auch gar nichts!

Stopp. Du haſt ja auch Alles verloren.

Liſiſi (auf- und abgehend ärgerlich). Ich muß ihn wiederfinden! Muß!

Stopp (ihr nachgehend). Suchen wir! Er klang beinah wie Bammel — Bimmel — nein! wie — wie Bündelband —

Liſiſi (raſch). Ganz recht! Bindi — ich habe ihn!

Stopp. Halt' ihn feſt.

Liſiſi (in der größten Freude). Bindi-bondi-barbelbuck — ja — ſo heißt er! (Eilt zur Pforte.)

Stopp. Das ſagte ich ja gleich. (Indem er ſich mit großen Schritten nach dem Gebüſch rechts zieht, um ſich den Rücken zu decken.) Binde-die-Bändel-bumm-Bondel-bämm-bock! (Beobachtet ängſtlich Liſiſi.)

Liſiſi (klopft). Macht auf! Im Namen Bindi-bondibarbelbuck's, öffnet! — Die Pforte bleibt verſchloſſen.

Stopp (ängſtlich). Der Pförtner hat ſich gewiß auf beide Ohren zugleich gelegt!

Liſiſi (zieht die Springwurzel hervor). So ſprenge Du die Thür!

(Muſik. — Sie bringt die Springwurzel an's Schloß der Pforte. Schrillender Tamtamſchlag. Die Pforte ſpringt auf; die in der Halle liegenden Drachen erheben ſich mit Gebrüll.)

Stopp (schreit). Drachen! Drachen! (Knickt zusammen.)

Lisisi. Ihr schreckt mich nicht! — Hinein! (Sie stürzt in die Halle. — In demselben Augeublick speien die Drachen Feuer auf Lisisi, und die Pforte schließt sich wieder mit furchtbarem Getöse.)

Stopp (während die Drachen Feuer speien, Lisisi durch das Feuermeer eilt und im Innern des Schlosses verschwindet — schreit). Hülfe! Hülfe! — Feuerwürmer! Kakerlaken! Sie verbrennt! Verbrennt! (Stürzt zu Boden. In demselben Augenblick springen aus allen Gebüschen die Moosleute, mit dicken Stöcken bewaffnet, hervor.)

Die Moosleute (während sie zu Stopp eilen und die Stöcke schwingen). Ein Weib! Ein Weib! Auf! Prügelt ihre Sohlen, Wie's Bindibondibarbelbuck befohlen! (Sie hauen auf Stopp ein, der furchtbar schreit, sich krümmt und windet, sich unter Schlägen dann mühsam aufrafft und, von den Moosleuten verfolgt und fortwährend geschlagen, in die Coulisse rechts springt, wonach sich die Bühne rasch verwandelt.)

(Offene Verwandlung. — Decoration: Prachtvoller Garten mit wunderbaren Pflanzen und Gebüschen, die Gold- und Silberblumen tragen. Schlanke Palmen, gewaltige Aroideen, Farne, Alocasien und Caladien füllen den Vordergrund. — Im Hintergrund ein Baumbogen, der aus Assaipalmen, Cecropien u. s. w. besteht, die durch rankende und kriechende Schlinggewächse verbunden sind, so daß Guirlanden-Gewinde von Laub, Blüthen und reichblättrigen Schmarotzerpflanzen beinahe von jedem Ast und Stamme herunterhängen, woran Blüthen und Blumen, die aus glänzenden Edelsteinen zusammengesetzt sind, prangen. — Durch die Oeffnung dieses Bogens erblickt man einen silberglänzenden, breiten und langen See; jenseits das Ufer des Sees mit einer reizenden

Landschaft. — In der Mitte der Bühne befindet sich eine große, halbrunde, weiße Marmorbank, die mit Gold und Edelsteinen verziert ist, und worauf sich ein Lager befindet, welches aus weißseidenen, weichen Polsterkissen besteht. — Links der breite, hohe, offene Eingang zu einem Gebäude, welches aus weißem Marmor und Gold erbaut ist. — Rechts eine ungefähr 14 Fuß hohe, schlanke weiße Marmorsäule mit Goldverzierungen, die einen Durchmesser von einem Fuß hat, und auf deren Spitze sich eine ganz dünne goldene Stange befindet, die sich in die Soffitten verliert und deren Ende nicht sichtbar sein darf. Der Fuß der Säule ist durch Pflanzen und Gebüsche verdeckt, die eine Höhe von 8 und 10 Fuß erreicht haben.)

### Dritte Scene.

Prinzessin Mies. Oberhofmeisterin. Hofdamen. Gespielinnen der Prinzessin. Tänzerinnen.

(Prinzessin Mies, als weiße Katze, liegt auf dem schwellenden Polsterlager der Marmorbank, in tiefes Nachdenken versunken. Ihr enganliegender Anzug besteht aus schneeweißen seidenen Felbelfellen, worauf sich Diamanttropfen befinden. Ihre Röcke werden durch einen weißen Diamantgürtel zusammengehalten, der vorn chatelaineartig herunterfällt, aber nicht die Form der Glieder verunstalten darf. Um den Hals trägt sie eine Kette von großen und kleinen Diamanten. Der Kopf ist ein zierlicher weißer Katzenkopf, der nichts weiter als das reizende natürliche Gesichtchen der Prinzessin sehen läßt, und von dem ein langer weißer, mit Diamanten besetzter Schleier wallt. Die Hände werden durch weiße Felbelhandschuhe bedeckt, die spitze silberne Nägel zeigen. Unter der Nase befinden sich die weißen Katzenbarthaare. — Die Oberhofmeisterin, eine sehr corpulente, alte schwarze Katze, steht hinter dem Ruhelager der Prinzessin. Hofdamen sind rechts

und links des Ruhelagers gruppirt. Auf der linken
Seite im Vordergrunde stehen die Gespielinnen,
mit Mandolinen in der Hand, und singen, wozu andere
Gespielinnen (Tänzerinnen) tanzen. Alle Ge=
spielinnen, Hofdamen, Tänzerinnen u. s. w. sind eben=
falls weiße und silbergraue Katzen; nur sind die Kleider
minder kostbar. Die Gespielinnen sind weiße, die
Hofdamen silbergraue Katzen und zeigen ihre natür=
lichen Gesichter, wie die Prinzessin. Zwei silbergraue
Katzen haben ein paar schwarze Flecke und tragen
Pfauenfedern auf den Katzenköpfen. Zwei von den
weißen Katzen zeigen ebenfalls schwarze Flecke.)

No. 5. Chor der Katzen. (Mit Tanz.)
O, wie ist Prinzessin Mies — Miau —
Wunderlieblich, hold und süß, — Miau —
Wenn sie auf dem Ruhbett liegt, — Miau —
Schaukelnd hin und her sich wiegt; — Miau —
Laut ertöne Zitherklang! — Miau —
Heit'rer Tanz, mit Sing und Sang, — Miau —
Still' der schönen hohen Frau — Miau —
Gram und Schmerz. — Miau — Miau — Miau!
(Gruppe.)

Mies (sich halb aufrichtend). Genug! Hört auf!
Euer Gesang ist wieder einmal ohr= und herzzerreißend!

Oberhofmeisterin. Sie geben Dir immer die
besten Töne, die sie haben, nur um Dich zu erheitern,
süße Mies.

Mies (aufstehend). Erheitern kann mich Nichts
mehr, so lange ich hier, in dem verwünschten
Schlosse, selbst verwunschen bin.

Oberhofmeisterin. Und sind wir, Deine Ge=
treuen, weniger verwunschen? (Mit einem tiefen
Seufzer.) Ach! Wenn ich daran denke, was ich war
und gegenwärtig bin, so schaudert mir die Haut und
alle Nerven zittern.

Mies. Du warst und bist, bis auf den heutigen Tag, Oberhofmeisterin. Was willst Du mehr?

Oberhofmeisterin. Ja — Oberhofmeisterin, aber — (Wehmüthig.) in Katzengestalt.

Mies. Die Schale nur hat sich verändert, nicht der Kern. Du bliebst in Deiner Würde und Deine Herrin ward Dir nicht genommen.

Oberhofmeisterin. Und bliebst Du etwa nicht in Deiner Würde? Du bist Prinzessin nach wie vor.

Mies. Doch ohne Land! Mit dem Verlust des Landes schwand auch meine Würde! — Ich bin nicht mehr, wie Ihr! Bin eine Katze!

Oberhofmeisterin. Doch eine weiße, schöne, reizende! Mich aber machte der vertrackte Zauberer zu einer schwarzen Katze! Im Dunkeln sieht man mich nicht, und streicht man mir den Rücken, gebe ich elektrische Funken von mir. (Wehmüthig.) O, das thut weh — das schmerzt!

Mies (düster). Ja, unser Loos ist nicht beneidenswerth!

Oberhofmeisterin. Und doch kannst Du's mit einem Worte ändern. Gieb nach dem Rüsselnasigen, und wir sind keine Katzen mehr.

Alle (flehend). O thu's, geliebte Herrin! Thu' es!

Mies (zornig). Schweigt! Eher ich das wilde Ungethüm erhöre, eh'r bleib' ich bis an' Ende meines Lebens Katze! (Geht wüthend umher und fächelt sich Luft zu.)

Oberhofmeisterin (zu den Andern, wehmüthig). Sie hat kein Herz für unsere Qualen.

Alle (während sie traurig die Köpfe senken — leise und klagend). Miau! —

Mies (bleibt plötzlich stehen und sieht nach rechts). Ich höre Flügelschlag!

Alle (wenden sich rasch nach rechts und starren in die Luft, indem sie schreien). Ein Vogel! (Zeigen nach rechts in die Luft.)

Mies (freudig). Ein Vogel?

Oberhofmeisterin. Ja, ein großer, seltener Vogel!

### Vierte Scene.

Papagei Garrulus. Dann: Lisisi. Vorige.

(Papagei Garrulus fliegt von rechts nach links und verschwindet dort.)

Mies (freudig). Es ist ein Papagei!

Alle (freudig). Ein Papagei!

Oberhofmeisterin. Ein Kakadu! Ein Louis!

Mies (corrigirend). Lori! (Rasch.) Ihm nach! Fangt ihn und bringt ihn mir! (Ueberselig.) Ach! Schon lange sehnte ich mich nach einem Vogel! Ihm nach! Geschwind!

Alle. Wir fangen ihn! (Wollen links ab. In demselben Augenblick erscheint im Eingang links Lisisi.)

Lisisi (auf den Stufen des Eingangs, mit starker Stimme). Ich grüße Euch!

Mies (schreit auf). Ein Mann! (Verhüllt ihr Gesicht.)

Alle (schreien). Ein Mann! (Stürzen sich auf Lisisi und umgeben sie.) Ergreift ihn! (Ziehen Lisisi von den Stufen herunter.)

Lisisi (indem sie heruntergezerrt wird). Wie? Lauter Katzen?!

Oberhofmeisterin (schreit). Wir sind erkannt! Kratzt ihm die Augen aus!

Alle. Fort mit den Augen! (Wollen Lisisis Augen auskratzen — in demselben Augenblick läuft eine ziemlich große weiße Maus quer über die Bühne und zwar von links nach rechts, wo sie verschwindet.)

Oberhofmeisterin (schreit, sowie die Maus erscheint). Eine Maus! (Läuft der Maus nach.)

Alle (lassen Lisisi los, und schreien, wobei sie der Maus nachjagen). Eine Maus! Eine Maus! (Alle rechts ab.)

Lisisi (die beim Angriff der Katzen mit beiden Händen ihre Augen bedeckte, entfernt die Hände vom Gesicht, und spricht rasch). Diesmal behielt ich noch die Augen.

Mies (die Lisisi, während dieser Zeit beobachtet hat, stürzt sich nun, immer noch verschleiert, auf Lisisi, ergreift ihre Hand, und spricht mit voller Ueberzeugung, fest). Du bist kein Mann!

Lisisi (erschrickt). Wie?! (Starrt Mies an.)

Mies. Wärst Du ein Mann, die Frauen hätten nimmer nach Deinem Leben Dir getrachtet —

Lisisi. Frauen? Nennst Du die Katzen, Frauen?

Mies. Leider muß ich das! (Fortfahrend.) Wärst Du ein Mann, es hätten Dich die Drachen, beim Eintritt, an der Pforte schon mit Feuer überschüttet, und verbrannt.

Lisisi. Das war auch ihre Absicht. Feuer spendeten sie mir reichlich, doch (Lachend.) versengten sie nur das Wamms. Mir thut das Feuer nichts, (Wirft sich stolz in die Brust.) wir sind sehr gute Freunde.

Mies (erstaunt). Bist Du von Geburt ein Salamander?

Lisisi. Soviel ich weiß, ein ächtes Menschenkind; kein Salamander stand bei mir Gevatter.

Mies. Aber durch welche Macht gelang es Dir hier einzudringen? Und wen, wen suchst Du hier?

Lisisi. Die schöne, reizende Prinzessin Mies, die Bindibondibarbelbuck gefangen hält. Wo find' ich·sie?

Mies (indem sie den Schleier zurückschlägt). Du stehst vor ihr.

Lisisi (einen Schritt zurück — erstaunt). Auch Du ein Miesekätzchen?

Mies (betrübt). Nicht wahr, ich seh' erschrecklich aus? (Will sich wieder verschleiern.)

Lisisi. O nein! (Rasch.) Verschleire Dich nicht. Ich finde Dich gar hold und schön.

Mies (die den Schleier bis über die Augen zog schlägt ihn rasch wieder zurück. Geschmeichelt). In der That?

Lisisi. Dein Antlitz ist gar lieblich — Dein Näschen allerliebst — der Katzenbart —

Mies (zieht den Schleier bis über den Mund).

Lisisi. Laß doch den dummen Schleier ruhn. (Fortfahrend.) Der Katzenbart steht Dir vortrefflich und —

Mies (zieht langsam und coquet den Schleier in die Höhe).

Lisisi (ohne Unterbrechung). Dein schön geformtes Mündchen gewinnt dadurch an Reiz.

Mies (wirft rasch den Schleier ganz zurück. — Lieblich lächelnd, und fein coquet). Jetzt weiß ich ganz bestimmt, daß Du kein Weib bist.

Lisisi (lächelnd). Wirklich? (Papagei Garrulus fliegt von links nach rechts über die Bühne.)

Mies. Nie lobt ein Weib das Andere, nie findet ein Weib das Andere schön.

Lisisi (lachend). Ja — der Neid kann's nicht leiden, daß die Sonne in's Wasser scheint. Bei mir aber irrst Du Dich, denn — (Ihr leise in Ohr raunend.) Ich bin ein Mädchen wie Du.

Mies. Unglückliche! Du bist verloren!

Lisisi. Oho! (Der Papagei erscheint im Gebüsch an der Säule, auf einem Zweig.)

Mies. Entdeckt mein Hofstaat Dein Geschlecht, wirst Du getödtet.

Lisisi (stolz). Wer nicht feuerspeiende Drachen scheute, fürchtet auch Katzenpfötchen nicht!

Mies. Aber was suchst Du hier?

Lisisi. Ein goldenes Haar.

Mies (rasch). Dasselbe das man mir geraubt?

Lisisi. Dir?

Mies. Vernimm! (Wehmüthig, indem sie sich setzt.) Ich war nicht immer Katze. Bin ein Königs=

kind. Meine Pathe, eine gütige Fee, gab mir als Pathengeschenk ein schönes goldenes Haar. „So lange Mies," sprach sie zu meinem Vater," dies Haar auf ihrem Scheitel trägt, es sorgsam pflegt nnd hütet, wird immer sie in Glück und Freude leben,"

Lisisi (rasch). Und Du verlorst das Haar?

Mies. Man hat es mir geraubt. Das Ungeheuer Bindibondibarbelbuck warb nm meine Hand. Ich wies ihn ab. Als ich ein Jahr darauf, mit meinen Frauen im Walde jagte, stand er plötzlich neben mir, und riß mit frecher Hand das goldene Haar mir aus dem Scheitel.

Lisisi. Der Spitzbube!

Mies. Ohnmächtig sank ich nieder, und als ich erwachte befand ich mich mit meinen Frauen hier im Schloße. Täglich wiederholte er sein freches Werben, doch da ich fest blieb, und nur Trotz ihm bot, ver= wünschte er uns Alle, und machte uns zu Katzen!

Lisisi. Der Menschenverderber!

Mies. Ich hörte, daß ihn meine Pathe und viele Feen noch, beim Zauberkönig angeklagt, Merlin ließ vor Gericht ihn laden. Dort aber schwur der Räuber seinem Meister: Er hätte nicht das goldene Haar geraubt, es wäre mir geblieben, und meine Pathe hätte ihn verleumdet.

Lisisi. Und schenkte ihm der Zauberkönig Glauben?

Mies. Sobald ein Zauberer schwört, — traut ihm Merlin. Zeigt es sich später, daß er falsch ge= schworen, wird ihm die Zauberkraft entzogen, er — getödtet.

Lisisi. Er soll getödtet werden. Ich entlarve ihn!

Mies. Kein Mensch kann ihn entlarven; denn er ist klug, schlau, und Alles was er thut und spricht, ist doppelsinnig, läßt sich zwiefach deuten.

Lisisi (zum Papagei). Hast Du gehört?

Papagei G. Ach — ach — ach, ach!

Mies (zu Lisisi). Mit wem sprichst Du?

Lisisi (deutet auf den Papagei). Mit jenem Vogel dort.

Mies (wendet sich, erblickt den Papagei und springt auf. — Freudig). Der Papagei! — Geschwind! Locke, locke ihn herab! Ich muß, ich muß ihn haben.

Lisisi. Ja, ja, es ist ein seltenes Thier, und werth aus einer Fürstin Hand, sein Futter zu erhalten.

Mies. Nicht wahr? (Zum Papagei.) Komm, Papchen! Komm! Sollst Zucker haben — (Setzt sich.) Komm! Setze Dich auf meinen Schooß! Ich will Dir auch das Köpfchen krabbeln.

Papagei G. Ja, um ihn mir dann abzureißen, mir die Federn zu rupfen — bedanke mich.

Mies (zu Lisisi). Wie heißt das, was er sprach? Ich versteh' ihn nicht.

Lisisi. Er fürchtet, Du möchtest ihm den Kopf abreißen, und verzehren.

Mies. Wie schlecht ein solcher Vogel von mir denkt. (Zum Papagei.) Komm, Lori! Komm! Ich thu' dir nichts.

Lisisi. Er sieht in Dir nur eine Katze, und bedankt sich.

Mies (schmerzlich). O Rüsselnasiger! Wie furchtbar rächst Du Dich — selbst Vögel schreckt mein Anblick!

**Fünfte Scene.**

Die Oberhofmeisterin, mit allen Damen (von rechts.) Vorige.

Oberhofmeisterin und die Damen. Die Maus entfloh!

Oberhofmeisterin. Aber das Milchgesicht von (auf Lisisi deutend.) Mann dort blieb!

Alle (stürzen sich auf Lisisi). Zerkratzt den Frechen!

Mies (deckt Lisisi mit ihrem Körper). Rührt ihn nicht an! — Nur Weiber sollt ihr tödten, lautet der

Befehl — von einem Mann war nie die Rede! — Fangt lieber mir (deutet auf den Papagei) den Papagei dort ein, nach dem es mich gelüstet!

Alle (locken den Papagei). Komm, Papchen! Komm! Komm, komm!

Lisisi. Bemüht euch nicht. (Lachend.) Er fürchtet die Sammetpfötchen die spitze Nägel haben, und das Kratzen nicht lassen können.

Alle (aufgebracht). Er spottet unser! (Strecken die Hände krallenartig nach Lisisi aus.)

Mies (gebieterisch). Zurück! (Die Damen weichen zurück.)

Lisisi. Hübsch artig, sonst — erlöse ich Euch nicht.

Alle (verächtlich — wobei Sie die Achseln zucken.) Er will uns erlösen! — Er!

Oberhofmeisterin. Der Gelbschnabel!

Mies. Erlösen kann mich nur ein Weib —

Lisisi. Das kein Weib ist — ich weiß.

Mies. Und würde ich erlöst, ich käme doch nicht aus dem Schloße, ohne von den Drachen, die den Ein- und Ausgang bewachen, getödtet zu werden. Der einzige Weg, aus diesem Kerker zu gelangen, führt (Auf den See deutend.) über jenen See.

Oberhofmeisterin. Der von bösen Nixen und Wassergeistern bewacht wird —

Hofdame. Die jeden Nachen zertrümmern. —

Oberhofmeisterin. Und jeden Schwimmer in den Abgrund ziehen.

Mies. Nur Der kommt trocknen Fußes über den See, der zu dem Wunderstein gelangt, der alles Wasser fest macht, und die Wassergeister bannt.

Lisisi (rasch.) Und dieser Wunderstein ist —?

Mies (seufzt.) Unerreichbar!

Alle (traurig.) Unerreichbar!

Mies. Dort, auf der Spitze jener dünnen goldenen Stange, die neun mal höher als die größte Tanne und nimmer zu erklimmen ist, hat Bindibondibarbelbuck den Wunderstein gebannt, und Menschenhände können ihn nicht lösen.

Lisisi (rasch zum Papagei.) Du hast gehört. (Giebt ihm den Wink, aufzufliegen).

Papagei G. (indem er lacht und in die Höhe fliegt.) Hahahahahaha! (Verschwindet).

Mies. Der Vogel fliegt davon, ruf ihn zurück! Ich wär untröstlich wenn ich ihn verliere! (Starrt in die Luft).

Lisisi. Laß ihn nur fliegen! (Rasch.) Ist Dir auch bekannt, wo hier das Wunderkraut zu finden ist, das oben breite Blätter hat und gelbe Blumen?

Mies (immer in die Luft, nach dem Papagei sehend.) Meinst Du das Galgenmännlein, den Alraun?

Lisisi. Nenn's wie Du willst, nur sage, wo ich's finde.

Mies. Nicht hier. Wenn Bindibondibarbelbuck es braucht, reist er nach Franken, zu der Hexe Hemikrania. (Starrt in die Luft).

Alle Damen (in die Luft starrend.) Wie hoch er ist!

Lisisi (vor sich — wiederholend.) Hemikrania!

Mies. Er umkreist die Spitze. Pickt daran!

Lisisi (nimmt das Barett ab.) Gebt Acht! (Hält das Barett auf. Ein kleiner Stein fällt aus der Luft in das Barett. Lisisi ruft freudig, indem sie den Stein zeigt.) Der Wunderstein ist mein! Was Menschenhände nicht lösen können, löst ein Vogelschnabel!

(Man hört den Papagei in der Luft lachen).

Mies. Du bist gerettet, aber ich — ? (Läßt den Kopf hängen).

Alle. Und wir? (Indem sie die Köpfe senken — wehklagend.) Miau!

Lisisi. Geduld! (Für sich, und rasch.) Man sucht oft in den Sternen, was auf der Erde uns ganz nahe liegt — so sprach die Fee.

Mies (tritt zu Lisisi.) Woran denkst Du?

Lisisi (ohne auf Mies zu hören — für sich, und rasch.) In einer Kapsel. (Noch rascher.) Und er schwur seinem Herrscher — (Wendet sich zu Mies. Rasch.) Wer gab Dir den Halsschmuck?

Mies. Mein Vater. Nie legte ich ihn ab. Nur als der Zauberer mich entführte, und ich in Ohnmacht sank, fiel er mir ab, und Bindibondi —

Lisisi (rasch einfallend.) Gieb mir den Schmuck! (Greift nach der Halskette).

Mies (weicht zurück.) Nimmermehr!

Lisisi (indem sie ihr den Halsschmuck abreißt.) Der Schmuck ist mein! (Untersucht hastig die einzelnen Steine.)

Oberhofmeisterin. Er ist ein Räuber!

Alle. Tödtet ihn! (Wollen sich auf Lisisi stürzen.)

Lisisi (hat die Steine betrachtet, und ruft.) Du bist erlöst! (Die Katzen weichen zurück).

Alle. Erlöst?

Lisisi. Hier ist der Demantstein! (Versucht ihn zu öffnen.) Ei! nicht zu öffnen? (Alle umgeben Lisisi erstaunt und neugierig, die nun die Springwurzel aus der Tasche nimmt.) Springwurzel hilf! (Zu Mies.) Der Zauberer schwur nicht falsch! Dir blieb das goldene Haar — Du trugst es stets bei Dir, in dieser Demant=kapsel — (Hält die Wurzel an die Kapsel und ruft.) Spring auf! — (Die Kapsel öffnet sich, sie nimmt das goldene Haar heraus, und hält es Mies entgegen.) Hier ist das Haar!

Mies (die Hand ausstreckend.) Gieb! Gieb!

Lisisi (indem sie der Prinzessin das Haar an den oberen Theil der Stirn legt.) Nimm Dein Eigenthum zurück!

(Musik. Es wird plötzlich Nacht — der Wind heult — man hört ein lautes aber dumpfes Wimmern in der Luft — zugleich verschwinden die Katzenköpfe sämmtlicher Damen, und Alle erscheinen in ihren natürlichen Köpfen.

Im Vorderhaar der Prinzessin zeigt sich das goldene
Haar. Sowie die Verwandlung geschehen ist, wird es
wieder Tag.)
(Dies Alles muß mit einem Schlag vollendet sein.)

Mies (freudig, indem sie Lisisi umarmt.) Dank!
Dank! Mein Retter! Du bist der größte Zauberer
der Welt! (Accord).

Alle (indem sie Lisisis Hände ergreifen, und sie
küssen wollen.) Der größte Hexenmeister dieser Erde!
(Accord).

Lisisi (zieht ihre Hände zurück. Lächelnd.)
Ein Hexenmeister? **Ich?** Ach nein — ich bin
(Unter Tremulo).
Nur eine Bauermagd; einfältig ist mein Sinn,
Und wahr ist, was das alte Sprichwort kündet,
Daß auch ein blindes Huhn, manchmal ein Körnchen
findet! —
(Reicht der Prinzessin die Hand. — Rasch).
Nun aber fort aus diesem Drachennest.
Es macht der Wunderstein das Wasser fest,
(Triumphirend).
Auch kann mit ihm ich Wassergeister bannen!
Folgt mir geschwind — ich führe euch von bannen!
(Alle schließen sich fest aneinander und schreiten zum
See; in demselben Augenblick erscheinen in und auf
dem See Nickel, Schlitzöhrchen und viele Nixen.)

Mies (und ihre Frauen). Die bösen Wasser=
geister! (Weichen zurück.) Wir sind verloren.

Lisisi (zu Mies). Nur Muth! Ich zähme sie!
(Zeigt ihr den Stein.) Hier, meine Waffe.

Mies. Nimm Dich in Acht! Sie entreißen
ihn Dir!
(Pantomime und Ballet. Mehrere Nixen schwim=
men im Wasser unruhig umher, während andere auf
der Oberfläche des Wassers tanzen. So oft sich
Lisisi mit den Damen dem Ufer naht, tauchen aus
dem Wasser immer noch mehr Nixen auf, die Lisisi durch

drohende Bewegungen zurückzuschrecken suchen. Dann erheben sich aus dem Wasser reizende weibliche Gestalten, die das Wasser verlassen und Lisisi durch alle nur denkbaren Verführungskünste den Stein abzulocken suchen. Da ihnen dies nicht gelingt, wollen sie Lisisi ergreifen. Diese hält ihnen den Stein, den sie bis jetzt in der geschlossenen Hand verbarg, entgegen, und ruft: „Zurück!" worauf die Wassergeister ein Geheul ausstoßen, und ängstlich in den See springen. Rasch schreitet Lisisi über den See, der jetzt so fest wie Eis zu sein scheint. Mies mit ihren Frauen haben sich die Hände gereicht und folgen. Die Wassergeister wollen Lisisii am Vorschreiten hindern, weichen aber jedes Mal zitternd zurück, so oft ihnen der Stein entgegen gehalten wird. Sowie Lisisi mit den Frauen die Mitte des See's erreicht, ertönt ein furchtbarer Donnerschlag; die Geister heulen und Bindibondibarbelbuck stürzt durch den Eingang links auf die Bühne.)

Bindibondibarbelbuck (indem er hervorstürzt, wild und tobend). Was geht hier vor?

Mies und ihr Gefolge (schreien ängstlich). Die Rüsselnase!

Lisisi. Ich entführe Deine Katzen!

Bindibondibarbelbuck (wüthend, indem er zum See eilt). Verwegener! Das sollst Du büßen!

Lisisi (hält ihm den Stein entgegen und ruft gebieterisch). Halt!

Bindibondibarbelbuck (bleibt wie gelähmt am Ufer stehen).

Lisisi (fortfahrend — ohne Unterbrechung). Du hast nicht Macht mehr über uns — noch Trug!

Bindibondibarbelbuck (weicht zähneknirschend zurück).

Lisisi (immer fortfahrend, ohne Unterbrechung). Gehandelt wurde treu nach Deinem Spruch.
„Ein Weib nur, das kein Weib ist, soll erlösen Prinzessin Mies aus der Gewalt des Bösen!"

Ich bin ein Weib, ein **Mädchen**, Freund — und doch
**Kein** Weib, bin keine Frau — bin **Jungfrau** noch —
Und ist Dein Spruch Dir nicht nach Wunsch gegangen,
(Triumphirend).
Hast Du Dich selbst im eig'nen Netz gefangen!
(Sie wendet sich und schreitet mit der Prinzessin und
deren Gefolge langsam dem jenseitigen Ufer zu).
   Bindibondibarbelbuck (wüthend).
Verruchte Natterbrut! (schreit.) Geister seid bereit,
Und gebt den Fliehenden mit Wasser das Geleit!
(Rauft sich verzweiflungsvoll die Haare, und bricht er=
schöpft zusammen. — Die Nixen verschwinden. Der See
wirft Blasen auf, woraus Meerungeheuer entstehen, die
mächtige Wasserstrahlen nach den Fliehenden spritzen, sie
aber nicht treffen. Jenseits des See's zeigt sich eine Fee
im hellsten Lichtglanz — (NB. Muß, der Perspective
wegen, von einem Kinde dargestellt werden —) die ihren
Zauberstab schwingt, und die Fliehenden vor den Wasser=
strahlen der Ungeheuer schützt. Der Vorhang fällt
langsam).
   Ende des dritten Actes.

Anmerkung für die Regie. — Von der fünften Scene
   an, muß nicht nur der Dialog, sondern auch alle
   Verwandlungen und Maschinerien glatt und rasch von
   Statten gehen. Die Musik darf nicht störend eingreifen,
   oder den Darsteller zu Pausen zwingen.

## Vierter Aufzug.

Anmuthige Landschaft. (Kurz.) Links, zwei ziemlich
   hohe alte Baumstämme, die oben dürre Zweige ohne
   Blätter zeigen, und den Eingang zu einer nicht sicht=
   baren Allee bilden. In der Mitte des Hintergrunds
   ein nidriger großer Stein (Cisterne) mit einem tiefen,
   großen runden Loch, von niedrigem Gebüsch umgeben.

## Erste Scene.

**Papagei Garrulus.** Gleich darauf: **Stopp**.

**Papagei G.** (fliegt von rechts nach links über die Bühne, in die Allee hinein, wobei er „Ach, ach, ach, ach, ach, ach" ruft).

**Stopp** (Von rechts — außer Athem). Fliegender Prinz! Nicht so rasch — ich komme nicht mit! — Er hört nicht! — Nun pfeife ihm nach. — Wenn ich mit ihm gleichen Schritt fliegen soll, muß ich eine Heuschrecke sein, und eine Sonnenlänge voraus haben. (Pustet.) Puh. — Von dem zickzackigen Nachlaufen werden die Fußsohlen in den Grund gebohrt, und die Kniekehlen in's Verderben gestürzt. Aber ich muß nach. (Nach links deutend.) Er flog dort den meilenlangen Baumgang entlag — also, vorwärts!
(Geht nach links, um die Alle zu erreichen, in demselben Augenblick tritt aus dem linken Baumstamm ein riesengroßer Arm mit ähnlicher Hand hervor, und eine starke
Stimme ruft: „Kukuk!") —

**Stopp** (prallt zurück). Kukuk? — Der alte Baumstamm ist auch ein Vogel — aber kein Papagei, denn seine Klaue ist ein riesengroßer Arm. Links geht es nicht. (Auf den Baumstamm rechts deutend.) Versuchen wir, rechts durchzukommen.
(Will rechts hinein. Der Baumstamm rechts streckt ihm ebenfalls einen Riesenarm entgegegen, mit dem Ruf:
„Kukuk."—

**Stopp** (prallt zurück). Auch der ist bekrallt! — Das sind keine Baumstämme — das sind Holz=Wächter die Einem den Eingang zum Baumgang durch Abgang andeuten. (Zitternd, wobei er langsam zurückweicht, immer das Gesicht auf die Baumstämme gerichtet). Hier ist es nicht geheuer!
(Die Arme der Baumstämme verschwinden.)

## Zweite Scene.

**Stopp. — Lififi, Prinzessin Mies, und Oberhofmeisterin.** (von rechts).

Lififi. Nun, Stopp? Wo ist Garrulus?
Mies (rasch). Wo blieb der Papagei?
Stopp. Er flog den Baumgang dort hinunter.
Lififi. Und Du folgtest nicht?
Mies. Du ließest ihn fliegen?
Stopp. Er war von jeher ein flatterhafter Mensch, der sich nie halten ließ, und als ich ihm folgen wollte, streckten mir die beiden alten Baumgerippe dort, ein paar grobkörnige Riesenfäuste mit 24 Fingern entgegen, deren Belangen ich kein Verlangen trug.
Mies. Thorheit! (Geht zur Allee. Beide Stämme strecken rasch die Arme hervor, mit dem Ruf: „Kukuk!" — Die Prinzessin weicht zurück.) Beim Himmel, er sprach wahr! (Die Arme verschwinden.)
Lififi (freudig). Wir sind am Ziel! Hier fängt das Reich der Hemikrania an. Hinein! (Will gehen.)
Mies (rasch). Ich folge Dir!
Lififi. Du bleibst. Was mir befohlen ward zu thun, muß ich allein vollbringen. (Will hinein, bleibt aber plötzlich stehen.)
Mies. Du zögerst?
Lififi. Nur einen Augenblick noch — (Verfällt in Nachdenken.)
Mies (zur Oberhofmeisterin, die sich kaum aufrecht erhalten kann). Was fehlt Dir, Edle von Entenschnabelstein?
Oberhofmeisterin (schwach). Die weite Reise und die engen Schuhe — das Stehen thut mir, mit Erlaubniß weh;
Mies. So setze Dich. (Geht unruhig hin und her, wobei sie beständig nach dem Baumgang blickt, in der Hoffnung, den Papagei zu sehen.)

Oberhofmeisterin (indem sie sich auf die Erde setzt). Dank, gütige Prinzessin.

Lisisi (nachdenkend. Für sich). Mit breiten Blättern und mit gelben Blumen —

Stopp (zur Oberhofmeisterin). Darf ich an Deiner Seite sitzen gehen?

Oberhofmeisterin. Der Platz hat Raum genug für zwei Personen,

Stopp (setzt sich zu ihr — dos à dos). Ich nehme Raum!

Mies. Wo nur mein Papchen hingeflogen ist? (Hinter der Scene links hört man ein Schaf blöken: „Bäh!")

Lisisi und Mies. Was ist das?
(Abermaliges Blöken: „Bäh!")

Stopp (springt auf, und ruft ängstlich). Ein Löwe hat gebrüllt!

Lisisi (lachend). Es blökt ein Schaf, Du Schaf. (Abermaliges Blöken: „Bäh!")

Stopp (erleichtert). Mein Seel' — es ist ein Schaf. (Man hört viele Schafe blöken: Bäh! Bäh!

Mies. Eins? Es sind viele.

Lisisi. Eine ganze Heerde.
(Wiederholtes Blöken vieler Schafe.)

Stopp. Der Stimme nach, sind's Hammel, spanischer Brut.

Lisisi. Wo Schafe sind, fehlt auch der Schäfer nicht. Er soll mir Auskunft geben.
(Will zum Baumgang.)

### Dritte Scene.

Ein Zwerg, (ganz klein, übermäßig dick, fratzenartig, als Schäfer gekleidet, tritt Lisisi entgegen.) Vorige.

Zwerg (immer lächelnd und freundlich.) Wohin?
Lisisi. Da ist er schon! } (Zugleich.)
Alle. Ein Zwerg!

Oberhofmeisterin (erschrickt und schreit). Schützt mich, ihr guten Geister!

Stopp (indem er zu ihr springt.) Was giebt's?

Oberhofmeisterin (auf den Zwerg deutend). Mein seliger Gatte, wie er leibt und lebt! (Verhüllt ihr Gesicht.)

Lisisi (zum Zwerg). Freund, wo finde ich die edle Fee, Frau Hemikrania.

Zwerg (schnarrt und näselt etwas). Du bist in ihrem Reich. (Nach links deutend.) Hier dieser Baumgang führt zu einem Garten, in welchem ihre Schafe sich vergnügen — geht man durch diesen links, gelangt man rechts zu einer Wiese, die jenseits, einen hohen Glasberg zeigt, auf dessen Spitze sich ein Schloß befindet, aus reinem, ächten Bergkrystall erbaut. In diesem Schlosse herrscht Frau Hemikrania.

Oberhofmeisterin (wehmüthig). Auch seine edle Stimme!

Stopp. Der reine Regenpfeifer.

Lisisi. Ich weiß genug, und danke Dir.

Zwerg. Willst Du sie sprechen?

Lisisi. Vorläufig nicht.

Zwerg. Würde Dir auch heute nicht gelingen. Sie putzt sich noch, und fährt sodann zu einem großen Thee.

Alle. Thee?

Zwerg. Ja. Die Mäusefee giebt heute Abend Thee, und hat dazu auch meine Herrin eingeladen.

Lisisi (freudig — für sich). Die Mäusefee? Gute Vorbedeutung! (Laut und rasch.) Darf ich den Wundergarten Deiner Fee betreten? Es sollen seltene Pflanzen dort gedeihen, und da ich Gärtner bin —

Zwerg. Er ist für jeden Reisenden geöffnet, der nicht zur Schafausstellung will.

Lisisi. Mit Schafen hab ich nichts zu schaffen. (Zu den Andern.) Kommt! (Will mit der Prinzessin und Stopp nach links. Die Oberhofmeisterin erhebt sich mühsam.)

Zwerg (seinen Stab vorstreckend). Halt! — Der Eingang ist den Männern nur erlaubt, den Frauen wird dieser Durchgang nicht gestattet.

Lisisi (leise zu Mies). Erwarte mich hier. Ich kehre — will's der Himmel — bald zurück. (Laut zu Stopp.) Du kannst mir folgen.

Stopp (schüttelt bedenklich den Kopf, und deutet auf seine Weiberkleidung).

Mies (rasch und leise zu Lisisi). Schick mir den Papagei.

Lisisi (lächelnd). Sowie ich ihn gefunden. (Laut, zum Zwerge.) Der Weg zum Garten also geht —?

Zwerg. Ich führe Dich. (Wendet sich zum Eingang.)

Lisisi. Bist Du denn nicht Thürsteher? (Geht nach links.)

Zwerg (im Gehen). Thürsteher, mehr noch Schafhirt, und auch Fremdenführer — wie es bestellt wird. (Für sich.) Wieder Einer mehr, der sich die Finger versengt. (Mit Lisisi links ab.)

## Vierte Scene.

Mies. Stopp. Oberhofmeisterin.

Mies. Stopp — hast Du nicht gehört? Du sollst ihr folgen.

Stopp. Danke! — In diesem Lande ist es Gesetz, daß kein Weib durchgehen darf. (Auf seinen Anzug deutend.)

Mies (eifrig). Aber den Männern ist es erlaubt, und wär' ich Deinesgleichen — beim blauen Himmelszelt — ich bliebe nicht zurück.

Stopp (nach dem Himmel sehend). Ja — beim blauen — jetzt ist es aber grau gesprenkelt.

Mies (freundlich — indem sie ihn, mit dem Zeigefinger zu sich winkt). Stopp!

Stopp (während er sich ihr nähert). Höchsthöchlichste Prinzeß?

Mies (noch freundlicher). Geh' nach und hole mir den Papagei.

Stopp (schüttelt den Kopf). Ich mußte schon Bockreiten — wurde durch- und abgebläut auf eine höchst unverständige Art — mein Wissen ist erschöpft — ich habe mich ausgegeben.

Mies (schmeichelnd — indem sie ihm das Kinn streichelt). Thu's, liebes Stoppchen — geh'!

Stopp. In diesen Röcken ist es mir unmöglich auszuschreiten — ich mache einen Fehltritt.

Mies (wie oben, lieblich und sanft). Du willst nicht, gutes Stoppchen?

Stopp. Mein Widerwillen gegen alle Feen, erlaubt es nicht.

Mies (streichelt heftiger, wobei sie ihren Zorn zu unterdrücken sucht). Du willst nicht, süßes Stoppchen?

Stopp (weinerlich). Das Streicheln thut mir außerordentlich wohl — aber dort hineinzugehen verbietet mir mein Ruf — ich laufe keinem Mädchen nach.

Mies (im höchsten Zorn, wobei sie ihm eine Ohrfeige giebt). Feigling!

Stopp (schreit). Au! (Hält sich die Backe und schneidet ein schmerzhaftes Gesicht.)

Mies (rasch und bestimmt). Hier wird der Eingang jeder Frau verwahrt? Vielleicht entdecke ich einen zweiten Weg, der weniger gefährlich ist. (Schleicht vorsichtig links um die Baumstämme herum.)

Oberhofmeisterin (ängstlich.) Wohin, Prinzessin Mies?

Mies (indem sie Hintergrund links abschleicht.) Frage nicht! (Ab).

## Fünfte Scene.
Stopp. Oberhofmeisterin.

Stopp (während er sich die Backe reibt).
Erst schmeichelt, streichelt sie — dann kratzt sie?
   Es ist klar!
Obgleich erlöst, ist sie noch immer, was sie war!

Oberhofmeisterin (die sich gleich nach Lisisis Abgang wieder setzte — seufzt schwer.) Ach! Ich bin entsetzlich müde, und — unanständig durstig.

Stopp. Ich auch, aber — anständig. Wenn's jetzt vom Himmel Weinmost regnen würde, ich hielt den Mund zwei volle Stunden auf.

Oberhofmeisterin. Ist denn kein Tröpfchen Wasser in der Nähe? (Erhebt sich langsam).

Stopp. Nein! (Erblickt die Cisterne.) Doch ja — (Freudig.) ja! (Läuft zur Cisterne.) Hier ist ein großer ausgehöhlter Stein, mit schönem klarem Wasser. (Steckt den Kopf in die Cisterne).

Oberhofmeisterin (während sie zur Cisterne eilt.) O, laß geschwind mich nippen.

Stopp. Erst nippe ich. (Steckt den Kopf in die Cisterne und schlürft Wasser).

Oberhofmeisterin (aufgebracht.) Verwegener Knecht! Die Damen haben überall den Vorzug.

Stopp. Bei mir den Nachzug. (Schlürft Wasser).

Oberhofmeisterin (verächtlich.) Plebejer!

Stopp (aufstehend.) So! Ich habe genippt — nun nippe Du.

Oberhofmeisterin (schöpft mit der Hand Wasser und trinkt).

Stopp (während er wieder vorschreitet.) Das hat geschmeckt!

Oberhofmeisterin (selig.) Ach — wie wohl die kalte Fluth, der heißen Seele thut. (Trinkt abermals).

Stopp (während sich bald sein rechter, bald sein linker Fuß wider seinen Willen in die Höhe zieht.) Ja, wenn man durstig ist, dann schmeckt — (Sieht nach seinem Bein.) Oho! — (Fährt fort.) dann schmeckt Wasser — (Muß, gegen seinen Willen, springen.) Was ist das? — Meine Beine — (Fängt an zu fliegen; erst wenig, dann nach und nach höher, aber nie höher wie 2 bis 4 Fuß.) Wollt ihr gleich stehen bleiben!

Oberhofmeisterin. Mir wird so leicht — (Muß, gegen ihren Willen, springen.) Himmel! Was ist mit mir geschehen? (Fängt an zu fliegen, aber nicht höher wie höchstens zwei Fuß.) Ich — schwebe! (Schreit.) Hülfe!

Stopp (strampelt mit den Füßen in der Luft herum, um den Fußboden wieder zu erreichen.) Ich komme nicht mehr hinunter! Hülfe!

(Der Zwerg erscheint zwischen den Baumstämmen).

Oberhofmeisterin (immer ängstlicher.) Halte mich, Stopp! Stopp!

Stopp (ebenso.) Kann mich selbst nicht halten, Entenschnabelstein!

Zwerg (lacht überlaut.) Hahahahaha!

Oberhofmeisterin und Stopp (immer hinauf und hinunter fliegend. Zu dem Zwerg.) Zwerg, steh' mir bei!

Stopp. Rette das schöne Geschlecht!

Zwerg. Geht nicht. (Auf die Cisterne deutend:) Wer dort von jenem Wasser trank, muß fliegen! (Lacht übermäßig, bis zum Schluß. — Musik.)

Oberhofmeisterin (schreit.) Ich verliere den Boden!

Stopp (schreit.) Mir rutscht die Erde fort!

Oberhofmeisterin und Stopp. Hülfe! Hülfe! (Unter fortwährendem Geschrei, und lautem Lachen des Zwerges, fällt rasch der Vorhang).

## Fünfter Aufzug.

(Der Zwischenact vom vierten zum fünften Act darf nur ganz kurz sein, und nicht mehr Zeit in Anspruch nehmen, als zu einer gewöhnlichen Verwandlung gestattet ist).

Decoration. Rosenhain der Fee Hemikrania. — Rechts und links, hohe Säulenbogen von durchsichtigem, krystallisirten, hellblauen Sapphir mit Rosenguirlanden umwunden, bilden die Seitencoulissen des Vordergrunds. Ganz ähnliche Säulenbogen, nur breiter, ziehen sich quer über die Bühne, so daß der ganze vordere Raum der Bühne eine märchenhafte Rosenhalle bildet, über welcher der klare, reine azurblaue Himmel sichtbar ist. Durch die in der Mitte stehende Säulenbogenreihe sieht man einen langen, üppigen Rosenhain, in welchem sich wassersprudelnde Fontainen und Springbrunnen zeigen. Ganz in der Ferne, am Ende des Rosenhains, erblickt man den Glasberg mit dem Krystall=Palast der Fee. Links im Vordergrund der Bühne, ein baldachinartiges, lichtblaues, mit Rosenguirlanden und Goldstreifen durchzogenes, offenes Zelt. Darin, ein eben solches Ruhelager, und ein goldener Tisch, mit Rosenguirlanden umwunden, dessen Füße goldene Greifklauen darstellen. Rechts eine Erhöhung, zu der zwei Stufen führen, die ebenso, wie die Erhöhung selbst, aus lichtblauem Sapphirquarz gebildet, und mit Rosen verziert sind. Auf der Eröhung, ein goldener Sessel mit hellblauem Polster und Rosenguirlanden Einfassung. In der Mitte des Zeltes, sowie auf der Mitte der Erhöhung, Rosenbäumchen, die einen ovalen, starkglänzenden Metallspiegel tragen, dessen Goldrahmen von den Zweigen der Rosenbäumchen umschlungen und dadurch gehalten wird. An allen Säulen sowie an den großen Schalen, Fontainen und Springbrunnen, ähnliche Spiegel mit Goldrahmen und Rosenguirlanden=

Einfassung. Hellglänzende Beleuchtung die von dem Krystall-Palast ausgeht, und auf alle Gegenstände ihre Strahlen wirft. —

NB. Da die vorige Decoration nur zwei Coulissen Tiefe haben darf, so werden zur Darstellung des Rosenhains, nur die beiden ersten Coulissen verändert, und das Zelt mit dem Ruhelager aufgestellt.

### Erste Scene.
Prinz Bä. Kanzler. Der Erzieher. Edelherren. Edeljunker. Pagen.

(Prinz Bä, sitzt auf dem Ruhebett, und liest in einem kleinen Buch, welches lichtblau eingebunden und mit einem Goldschnittrand versehen ist. — Ein Page steht in angemessener Entfernung vor ihm, ein Tablett in in der Hand, worauf Früchte und Gläser mit Limonade stehen. — Der Kanzler steht in der Mitte der Bühne, und ißt Gefrorenes. Ein Page bedient. Der Erzieher sitzt auf den Stufen die zur Erhöhung führen, und trinkt Kaffe. Ein Page bedient. — Mehr zurück, Seite rechts, stehen zwei Edelherren und spielen Schach. Ein Page, der das Schachbrett auf dem Kopfe trägt, steht zwischen Beiden. — Ein Edelherr steht mit einem Edeljunker hinter dem Säulenbogen im Rosenhain, und fechten. — Zwei Edeljunker, ebenfalls im Rosenhain, schlagen Federball. — — — Der Prinz, sowie sein Gefolge erscheinen in Rococo-Costüm. — Der Prinz trägt himmelblaue seidene Schuhe mit großen Diamantschnallen. Weißseidene Strümpfe mit Goldzwickel — weißseidene Kniehose — himmelblaue, seidene lange Schoßweste mit Gold- und Diamantstickerei — weißseidenen Rock mit Gold- und Diamantstickerei, und himmelbauen Aufschlägen. — Spitzenmanchetten und Spitzenchabot. Eine Halskette von Rosen und Diamanten, — Galanterie-Degen. —

Sein Kopf ist der eines schneeweißen Schafes; doch geht derselbe nur bis über die Nase, so daß der Mund und der untere Theil des natürlichen Gesichtes frei bleibt, und dem Sprechen nicht hinderlich ist. Auf dem Kopfe prangen zwei goldene Schafbockhörner und ein Kranz von Rosen. — Das Gefolge des Prinzen trägt ebenfalls verschiedenfarbige Schafköpfe, weiße und hellbraune, sowie verschiedenfarbige Rococokleider. Schwarz gekleidet und mit einem schwarzen Schafkopf versehen, ist nur der Erzieher. — Die Pagen tragen weiße Lämmerköpfe. Der Kanzler versilberte Hörner. — Der Erzieher ganz kurze abgebrochene, und den größten Schafkopf).

Prinz Bä (Nach einer Pause — schwermüthig seufzend). Bä!

Kanzler und Erzieher (horchen auf, Kanzler setzt rasch das Glas mit dem Gefrornen auf das Tablett des Pagen. Der Erzieher hört auf zu trinken).

Prinz Bä (nach einer kleinen Pause, abermals, und stärker seufzend). Bä — Bä!

Kanzler (zu dem Erzieher). Zweimal geseufzt. (Nimmt das Glas wieder und ißt.)

Erzieher (Sprang beim zweiten „Bä", rasch auf). Das gilt mir! (Giebt die Tasse seinem Pagen, und eilt zum Prinzen.) Was befiehlt der große Sohn seines hohen Vaters?

Prinz (blickt auf). Dies Buch, welches Du mir zur Unterhaltung reichtest, langweilt mich ungeheuer. (Wirft das Buch auf den Tisch.)

Erzieher (belehrend). Es ist ein höchst belehrendes und wissenschaftliches Werk, die Kritik der reinen Vernunft.

Prinz (steht auf. Mißmüthig). Was soll ich in meiner Lage, mit der reinen Vernunft? Mein Kopf ist wie vernagelt. Vernunft, und wäre sie auch noch so rein, kann mir nicht nützen. (Läßt den Kopf sinken, und starrt zur Erde.)

Erzieher (zum Kanzler — heimlich). Er wird schon wieder schwarzgalliger Natur.

Kanzler (zum Erzieher — heimlich). Hat sich den Magen überladen.

Prinz (erhebt den Kopf, und ruft langgezogen). Bä —!

Erzieher (zum Kanzler). Du wirst gerufen, Herrlichkeit! (Zieht sich zurück und trinkt wieder Kaffee.)

Kanzler (hat rasch sein Glas dem Pagen gegeben, und tritt gravitätisch zum Prinzen). Hier bin ich, hoher Herr.

Prinz. Sage mir, womit Du Dir die Zeit vertreibst, wenn Dich Dein träges Denken, Dein Abgestumpftsein tagelang belästigt?

Kanzler. Ich lese die Geschichte des allgemeinen Staatsrechts und der Politik. (Giebt ihm ein Buch.)

Prinz (wehmüthig). Das verstehe ich nicht mehr.

Kanzler. Ich auch nicht; aber ich lese sie.

Prinz. Und behältst es?

Kanzler. Das Buch, allerdings. Den Inhalt, weniger.

Prinz (giebt ihm das Buch zurück). Fort damit!

Kanzler (zieht sich zurück und ißt wieder Eis).

Prinz (auf- und abschreitend). Ich befinde mich wieder in einem hitzigen Zustande, der nicht nur mein großes, sogar auch noch mein kleines Gehirn vollständig umnebelt.

Erzieher (indem er, dem Pagen mit der Limonade, einen Wink giebt, worauf dieser dem Prinzen rasch das Tablett entgegen streckt). Genieße etwas Kühlendes.

Prinz. Kein Citronenwasser mehr. (Page tritt zurück.) (Umherblickend.) Sagt — ist denn Niemand unter Euch so klug, mir ein Buch empfehlen zu können, das mich zerstreut, und meine ganze Denkkraft lähmt, damit Vergangenes mir nicht mehr im Schädel wirbelt, und Gegenwärtiges mir erträglich wird? — (Pause.) Keine Antwort? O Schöpse! Schöpse!

(Zornig.) Fürwahr ich könnt' Euch Alle spießen — (Neigt den Kopf, und streckt ihn vor, wie ein Schafbock der sich zum Kampfe rüstet — die Pagen weichen ängstlich zurück. Der Prinz spricht zu den Pagen, sanft.) Ihr lieben Pagen, bleibt! Ihr seid unschuldige Lämmer; Euch strafe ich nicht. (Indem er auf den Kanzler und Erzieher deutet.) Doch diese —! (Ruft.) Ober-Edelherr!

Erster Edelherr (verläßt das Schachspiel, und eilt zum Prinzen). Gnädiger Prinz?

Prinz. Dich hält man für den Klügsten — sprich! Womit hast Du einst Deinen Geist genährt? Aus welcher Quelle schöpftest Du Dein tiefes Wissen?

Erster Edelherr (indem er ein Buch aus der Tasche zieht und es dem Prinzen überreicht). Aus dieser Quelle schlürfte ich meinen Geist.

Prinz (liest das Titelblatt. — Freudig). Ah! — Das scheint ein ungemein anziehendes Werk zu sein.

Erster Edelherr. Verständlich und — belehrend für Groß und Klein.

Prinz (zum Kanzler). Genug Eis gegessen — (zum Erzieher.) Kaffee trinken überflüssig — nicht mehr fechten — Schach- und Federball-Spiel aufhören. Will allein sein. (Geht zum Ruhebett und setzt sich. — Alles geschieht nach seinem Befehl. Dann verbeugen sich Alle tief und gehen Vordergrund rechts ab, während Fee Hemikrania, im Rosenhain, von links auftritt, dort einen Augenblick stehen bleibt, und auf den Prinzen Bä blickt.)

## Zweite Scene.

Prinz Bä. Fee Hemikrania. Dann: Papagei Garrulus.

Prinz. Wenn dieses Buch mein Leid vergessen macht, dann wird der Ober-Edelherr — Kanzler. (Liest.)

Fee Hemikrania (eine alte, häßliche Frau, in prachtvoller Kleidung, schreitet langsam vor.)

Prinz. Der Titel verspricht Viel.

Fee (indem sie vortritt.) Prinz Bä!

Prinz (blickt auf, und spricht für sich). Mein Plagegeist! (Liest.

Fee (zärtlich). Ich fahre zu der Mäusefee, und wollte Dich vorher doch noch einmal sehen.

Prinz. Mir wär es lieber, Du wärst abgefahren, ohne mich zu sehen. (Liest.)

Fee (höhnisch drohend). Du! Du! Laß Deinen Trotz! Du weißt, wohin er Dich schon führte.

Prinz. Es kann nicht schlimmer mit mir werden, als es ist! — Da ich mich nicht entschließen konnte, Dein zu werden —

Fee. So machte ich Jeden aus Deinem Gefolge zum Schaf.

Prinz (wehmüthig.) Und mich zu einem Widder.

Fee (hämisch.) Der goldene Hörner trägt. (Boshaft.) Du siehst gar lieblich aus — (Lachend.) hihihihihihi! (Der Papagei fliegt hinten, im Rosenhain, von links nach rechts.)

Prinz. Dein Spott verletzt mich nicht mehr. (Liest).

Fee. Sobald Du mir Dein Herz schenkst, wirst Du wieder Mensch —

Prinz. Und Dein Gemal — ich danke für die Ehre. (Liest.) Ich hasse Dich!

Fee. Du galtest für den schönsten Mann der Welt. Die Schönheit nahm ich Dir. Betrachte Dich und sieh, wohin Dein Haß Dich führte.

Prinz (steht auf.) Aus Bosheit hast Du überall mir Spiegel aufgestellt, damit ich vor mir selbst er=schrecken, und mich Dir übergeben soll. Allein, Du täuschest Dich! Ich werde nie der Deine! Mit Hexen habe ich nimmermehr Verkehr! (Liest).

Fee (hämisch drohend.) Nimm Dich in Acht! Die Hexe scheert Dir doch noch Deinen Pelz! (Boshaft lachend.) Hihihihihi! — Du rechnest falsch, wenn Du auf Erlösung rechnest. So, wie Du jetzt bist, wird kein weibliches Wesen Deine Gattin. Hörst Du? — Mithin bleibst Du, bis an das Ende Deines Lebens, in meiner Gewalt — (Heftig, da der Prinz nicht auf ihre Rede hört und eifrig liest.) Hörst Du mich nicht? (Fortfahrend.) Du bleibst mein Knecht, mein Sklave! Bleibst — (Wüthend, indem sie ihm das Buch entreißt.) Was liest Du da? (Liest das Titelblatt).

Prinz (hastig.) Das Buch ist mein! Du hast kein Recht daran!

Fee (aufschreiend.) „Das Mädchen mit drei Schnürleibchen?" Fort damit! (Zieht aus ihrer Tasche rasch ein Buch, und giebt es ihm.) Hier ist, was für Dich paßt. (Steckt das erste Buch ein).

Prinz (liest den Titel.) Ueber Schafzucht und Veredelung der Wolle? (Wirft das Buch auf die Erde.) Viper! Willst Du mir mein ganzes Leben verbittern?

Fee (Boshaft.) Du willst es ja nicht süßer haben, Herz! Werde mein, dann wird Dein Leben reiner Honig. Jetzt fahr' ich fort. Kehre ich wieder heim, hoffe ich Dich williger zu finden. (Lachend.) Hehehehe! Denk nach, mein liebes Schäfchen, und sei nicht dumm. Auch Hexen haben menschliche Gefühle — und wer's mit ihnen hält, hat's gut auf dieser Welt. (Kichert höhnisch.) Hihihihihi — willst Du Dich zerstreuen, kannst Du ja wieder die schönen griechischen Nymphen rufen, und sie tanzen lassen. Allein, berühr sie nicht — Du weißt sie sind vergänglich. (Kichert höhnisch, indem sie abgeht.) Hihihihihi! (Durch den Rosenhain rechts ab).

Prinz. Sie höhnt und martert mich! — (Sinkt auf das Ruhebett.) Ich muß verschmachten und bleibe Schaf. (Verhüllt sein Haupt).

(Der Papagei fliegt hinten, im Rosenhain von links nach rechts; zugleich hört man hinter der Scene links viele Schafe blöken.)

Prinz (springt auf.) Was giebt es dort? (Stärkeres, fortwährendes Blöken.) Weßhalb nur tobt mein Volk? (Sieht nach links.) Ein junger Mann durchschreitet lachend das Gehege? Ach! Wieder Einer der sich unbewußt in's Unglück stürzt, und den ich nicht mehr retten kann.

### Dritte Scene.

Prinz. Lisisi (von links, durch den Rosenhain.) Hinter ihr: die Edeljunker und Pagen. — Hierauf von rechts: Kanzler, Erzieher und die Edelherren.

Lisisi (tritt, rückwärts schreitend, das Gesicht nach der linken Seite gerichtet, lachend auf). Entschuldigt, werthe Schafe! Ich hielt euch für Menschen, und wußte nicht, daß hier zu Lande Schafe, Menschenkleider tragen, und sprechen können.

Prinz. Fort, Unglückseliger! Fort!

Lisisi (wendet sich.) Sieh da — ein Schaf mit goldenen Hörnern!

(Die Edeljunker und Pagen treten von links auf, und bleiben im Hintergrunde stehen. Kanzler, Erzieher und Edelherrn treten rasch von rechts auf, schlagen — sowie sie Lisisi erblicken — erstaunt die Hände zusammen, und rufen: „Ein Mann — Bä!" — Hinter der Scene links erschallt ein abermaliges Blöken).

Lisisi (auf die Eintretenden deutend.) Und da — noch **mehr**! (Zum Prinzen.) Du aber bist gewiß, das größte Schaf der ganzen Heerde, denn Deine goldenen Hörner (Will zum Prinzen.) deuten an —

Prinz (schreit rasch und ängstlich, indem er zurück springt.) Zehn Schritt vom Leibe!

Lisisi. Weshalb? (Will zu ihm).

Prinz (springt rasch zurück.) Du bist verloren, wenn Du mich berührst!

Lisisi (lachend.) Du scherzest. (Will zu ihm).

Prinz (rasch und schreiend, indem er den Kopf wie zum Bockkampfe vorstreckt.) Ich spieße Dich, wagst Du noch einen Schritt.

Alle (rasch — indem sie die Köpfe zum Kampfe vorstrecken, und Stellung gegen Lisisi nehmen.) Wir spießen Dich!

Lisisi. So sagt mir doch —

Prinz (schreit.) Ich brauche keine Unterthanen mehr!

Lisisi. Unterthanen?

Kanzler und Erzieher (schreien.) Wir sind vollzählig!

Prinz. Entflieh'! Ich meine es gut mit Dir.

Lisisi. Ich bleibe, bis ich gefunden habe, was ich suche. Drum zieh die Hörner ein, reich mir die Hand, und laß uns Freunde sein, mein lieber Schöps — (Streckt die Hand dem Prinzen entgegen).

Prinz (ängstlich, fast weinerlich.) Ich bin kein Schöps!

Kanzler und Erzieher. Wir sind Schafköpfe nur von außen.

Prinz. Du bist ein hübscher junger Mann, darum entflieh. Verloren bist Du, wenn Du mich betastest.

Lisisi (erstaunt.) Verloren?

Prinz. Ein jeder Mann, der sich zu uns verirrt, in dies Gehege kommt, und mich berührt, wird augenblicklich Schöps, und mein Unterthan. So hat es die grausame Fee Hemikrania bestimmt.

Lisisi. Und wenn sich ein Weib zu euch verirrt, und Dich berührt?

Prinz. Für diesen Fall, hat Hemikrania kein Strafgesetz erlassen, weil er undenkbar ist. In ihrer Stammschäferei (Wehmüthig.) darf nie ein Weib sich sehen lassen, wagt nie ein Weib sich einzuschleichen.

Lisisi. O — vielleicht doch. — Schau her — (Muthig.) ich reiche keck als Mann Dir meine Hand — (Ergreift rasch die Hand des Prinzen).

Prinz (schreit ängstlich.) Unglücklicher! (Starrt Lisisi zitternd an).

Lisisi. Und werde — (Lächelnd.) wie du siehst — kein Schöps.

Alle (rufen erstaunt.) O Wunder!

Prinz. (freudig, zu seiner Umgebung.) Sie ist kein Mann — er ist ein Weib!

Lisisi. Ein Mädchen.

Prinz (jubelnd.) Hört ihr? Ein Mädchen!

Alle (jubelnd, wobei sie sich umarmen.) Ein Mädchen! Mädchen! (Umgeben Lisisi, und betrachten sie mit neugierigen und wohlgefälligen Blicken).

Lisisi (stolz.) Ihr seht daraus, daß selbst im Strafgesetzbuch unserer Feen, recht große Lücken sind.

Prinz. Ja, Du hast Recht! Doch sprich — wo ist Dein Mann?

Lisisi. Hast Du mich nicht verstanden? Ich bin ein Mädchen.

Prinz. Ja so — verzeih! (Wehmüthig.) Seitdem mein Kopf, ein Scha — (Sich rasch verbessernd.) ein schadenhafter Kopf geworden, zeigt sich im Schädel häufig schwüle Luft.

Lisisi (mitleidig, indem sie ihm die Hand reicht.) Du dauerst mich.

Prinz (gerührt — indem er ihre Hand küßt.) Ich danke Dir. (Während er Lisisi zum Zelte führt.) Doch komm — nimm Platz. Du wirst ermüdet sein.

Lisisi. Ein Wenig. (Beide setzen sich auf das Ruhebett).

Prinz. Glaube nicht, daß ich immer das war, was ich jetzt bin — (Wehmüthig.) O nein ich war ein Prinz. (Giebt dem Kanzler einen Wink — dieser tritt vor).

Lisisi. Ein Prinz?

Kanzler. Ein netter Prinz!

Erzieher. Ein wunderschöner Prinz!

**Prinz** (auf den Kanzler deutend.) Hier, dieser feiste Hammel, ist mein Kanzler.

**Kanzler** (verbeugt sich gegen Lisisi).

**Lisisi.** Aus seinen Zügen spricht ein edler Stolz. (Kanzler tritt zurück).

**Prinz** (giebt dem Erzieher einen Wink, der rasch vortritt.) Und dieser dünne, schwarze Schöps, war mein Erzieher. Der größte Schafkopf seiner Zeit.

**Erzieher** (verbeugt sich gegen Lisisi).

**Lisisi.** Auf seiner Stirne thronet hohe Weisheit (Erzieher tritt zurück).

**Prinz.** Ach nein — er hat sich schon die Hörner abgelaufen. Die and'ren, verschiedenartigen Schöpse, bilden meinen engeren Hof — (Alle verbeugen sich. Prinz fährt ohne Unterbrechung fort.) und jene Schafköpfe. (Nach links deutend, wo Lisisi auftrat.) die Du dort auf der Wiese sahst, sind meine Unterthanen.

**Kanzler und Erzieher.** Ein böses, böses Volk!

**Prinz** (immer sanft.) Ja — lauter Nichtsthuer die nur zu rauben hier erschienen — mir meinen Diamantschmuck abnehmen wollten, aber sowie sie mich berührten, Schafe wurden. — Ach! Meine echt= gefärbten Unterthanen sind leider! fern von mir.

**Lisisi** (reicht ihm die Hand). Du jammerst mich.

**Prinz** (ihr die Hand küssend). Ich danke Dir.

(Starkes verwirrtes Blöken hinter der Scene links.)

**Kanzler.** Da murrt das Volk schon wieder!

(Eilt links ab.)

**Prinz** (springt auf). Es kann nicht Ruhe halten.

(Stärkeres Blöken und Murren.)

**Alle** (erschrocken). Der Aufruhr wächst!

**Lisisi** (ist aufgestanden. Rasch.) Geschah ein Unglück?

**Prinz** (gemüthlich). Ach nein. So treiben sie es jeden Tag.

Kanzler (tritt rasch auf). Das Volk ist nicht zu bändigen. Es will die alte Freiheit wieder. Ein größeres Gehege!

Prinz (rathlos). Was soll ich thun?

Kanzler. Niederhauen lassen.

Prinz (gutmüthig). Mit dem Niederhauen habe ich kein Glück. Werde flugs durch alle Fluren wandern, Reden halten, und ihnen die Versicherung geben, daß ich es gut mit ihnen meine, und nur ihr Bestes will.

Lisisi (rasch und nachdrücklich). Was sollen Reden helfen? Gieb ihnen, was sie hatten, die alte Freiheit wieder, und Du wirst ruhig schlafen.

Prinz (unschlüssig). Meinst Du?

Lisisi. Es ist besser, vom Volke geliebt, als gefürchtet und gehaßt zu sein.

Prinz (rasch, zum Kanzler). Gieb ihnen wieder, was sie hatten!

Kanzler (eilt kopfschüttelnd links ab).

Lisisi (freundlich zum Prinzen). Ich bin mit Dir zufrieden.

Prinz. Gelt? Ich bin ein guter Mensch? (Gemüthlich). Was man mir räth, das thu' ich. (Das Blöken und Murren hört auf. Er fährt fort.) Doch — willst Du keinen Imbiß nehmen? Ich kann hier über Alles gebieten, wenn Hemikrania nicht gegenwärtig ist.

Lisisi (rasch). Wenn dem so ist, dann reiche mir aus dem Garten dieser mächtigen Fee einen Blumenstrauß.

Prinz (freudig). Nicht einen, tausend sollst Du haben! (Zu dem Gefolge.) Geschwind! Reißt alle Rosen ab! (Alle wollen fort.)

Lisisi (rasch). Nein — keine Rosen! — Halt! — Nur gelbe Blumen liebe ich.

Prinz (rasch). Pflückt alle gelbe Blumen ab, die sich im Garten zeigen, und laßt selbst keine gelbe Wurzel ungerupft. Fort!

(Alle eilen nach verschiedenen Seiten ab.)

## Vierte Scene.
### Lisisi. Prinz Bä.

Lisisi (noch freundlicher wie früher). Jetzt bin ich noch weit mehr mit Dir zufrieden.

Prinz. Wer könnte Dir wohl einen Wunsch versagen? Deine Stimme klingt so lieblich, sanft und mild, und wiederum recht herrisch, recht befehlend —

Lisisi (lächelnd). Ich bin ja auch ein Weib.

Prinz. Und ein recht schönes — (Sucht immer Lisisi's Hand zu erhaschen, die sie jedesmal zurückzieht.)

Lisisi. Du willst mich narren.

Prinz (zärtlich). O nein! (Greift abermals nach ihrer Hand.) Ach —!

Lisisi (zieht ihre Hand zurück). Was willst Du?

Prinz (bittend). Wenn's Dir nicht Mühe macht — Deine Hand.

Lisisi. Ei was! Die habe ich Dir schon oft genug gereicht.

Prinz. Des Guten kann man nie zu viel bekommen.

Lisisi (lachend). Närrischer Schöps. (Reicht ihm die Hand.)

Prinz (wehmüthig). Ach, warum erinnerst Du mich an meine Regelwidrigkeit? (Küßt ihre Hand mehrere Male.) Wie weiß, wie zart, wie weich, wie wollig!

Lisisi (zieht ihre Hand zurück). Nun ist's genug.

Prinz. O fürchte nichts. Ich halt's noch länger aus.

Lisisi (kurz). Ich aber nicht. (Geht zum Ruhebette und setzt sich.) Doch sage mir, wie Du hieher gekommen.

Prinz (nähert sich ihr). Du mußt wissen, daß ich von jeher ein großer Freund der Damen war —

Lisisi (sieht ihn groß an). So, so! — (Gedehnt.) Ei, ei!

Prinz. In des Wortes sinnigster Bedeutung.
Lisisi (ihm ironisch beipflichtend). Natürlich.
Prinz. Da ich — (auf seinen Kopf deutend.) bevor ich wechselte — sehr hübsch von Antlitz war —
Lisisi. Das sieht man Dir nicht mehr an.
Prinz (seufzend). Leider nein. — Verliebte sich in mich eine alte, häßliche Fee, genannt Hemikrania —
Lisisi. Die Du aber verschmachten ließest, weil sie alt und häßlich war.
Prinz. Errathen. Eines Tages ließ sie mir sagen, sie hätte in ihrem Zauberpark wunderschöne Nymphen und merkwürdige Pflanzen. Da ich nun noch nie wunderschöne — Pflanzen gesehen hatte —
Lisisi (ergänzend). Und eben so wenig merkwürdige — Nymphen —
Prinz. Errathen. Was bist Du klug. — So begab ich mich mit meinem Gefolge auf die Reise, und kam hier an. Von Neuem verlangte sie mich zum Gemal, und da ich ihren Antrag ablehnte, und Verachtung zeigte, machte sie mich, aus Rache, zu einem Widder, und alle meine Leute zu Schöpsen. Wir sind gebannt, und müssen bei ihr bleiben, bis ich erlöst werde.
Lisisi (steht auf, und geht nach der anderen Seite. — Rasch). Geschieht Dir recht! Warum warst Du so ein Schaf und gingst in die Falle. Unzeitige Neugier bestraft sich immer.
Prinz (ist aufgestanden). Du zürnst?
Lisisi. Bewahre. Du warst ja Prinz, und konntest thun und lassen was Dir gefiel. Daß Du just thatest, was Du hättest lassen sollen, deine Neugier, dafür mußt Du nun büßen.
Prinz (niedergeschlagen). Und werde nie erlöst!
Lisisi. Nicht?
Prinz. Befreien von diesem Haupte, kann mich nur ein weibliches Wesen, das mir, in meiner jetzigen Gestalt, ihre Hand reicht, und meine Gattin werden will.

Lisisi. Das ist sehr traurig.
Prinz. Nicht wahr? Kein Weib auf dieser Erde, wird je einen Schöps zum Manne nehmen.
Lisisi. O — das soll mitunter doch schon vorgekommen sein.
Prinz (exaltirt). Ja? — Ach — käme es doch wieder vor, und wenn Du meine Retterin würdest — (Stürzt zu ihren Füßen, und ergreift ihre Hand.) Ach! ich würde Dich —
Lisisi (indem sie ihm ihre Hand entzieht. Rasch.) Nur nicht so hitzig, edler Schöps! Steh' auf!
Prinz (springt auf, und schlägt sich vor die Stirn.) Ich Schaf! —

NB. Wenn in diesem Act noch ein Ballet stattfinden soll, schließt sich hier nachfolgender Dialog an.

Lisisi (umherspähend). Wo aber stecken Deine sogenannten wunderschönen Nymphen? Ich sehe nirgends eine Spur von ihnen.
Prinz. Sie erscheinen auch nur wenn ich läute, und mich zerstreuen will.
Lisisi (aushorchend — schlau). Und Du läutest wohl recht oft?
Prinz. Ach nein! Seit einem Jahre rühr' ich keine Glocke mehr. Es sind ja auch nur Truggestalten, Lufterscheinungen. Sie sprechen nicht, und will man sie berühren, verschwinden und versinken sie, oder werden Nebel.
Lisisi (ungläubig). Davon möchte ich mich doch selbst einmal überzeugen.
Prinz. Du hast nur zu befehlen. (Nimmt eine goldene Stange woran vergoldete Schafglocken hängen, aus dem Zelt.) Ich rufe sie.
(Er läutet. Musik. — Eine Menge Nymphen von außerordentlicher Schönheit erscheinen, die Früchte in Bernsteinkörbchen u. s. w. tragen, und einen verführerischen Tanz aufführen. Am Schluße desselben steht

Lisisi auf, nähert sich den Nymphen und will sie berühren, sie zerstäuben, versinken, und lösen sich in Nebel auf.)

Lisisi (nach dem Ballet). Wahrhaftig, Du sprachst wahr. Fort sind sie! Luft und Nebel!

Prinz. Und mit solchem Schattenwerk kann man sich doch nicht zerstreuen?

Lisisi (lachend.) Du thust mir wirklich leid!

Prinz. (wehmüthig). Ich danke Dir!

NB. Findet kein Ballet statt springt es gleich von den Worten: „Ich Schaf!" zur fünften Scene.)

## Fünfte Scene.

Kanzler, Erzieher, Edelherren, Edeljunker und die Pagen (eilen von allen Seiten herbei. Jeder hat verschiedene gelbe Blumen in der Hand.) Vorige.

(Rascher Dialog.

Kanzler (rasch). Hier, alle gelben Blumen, die wir im Garten fanden.

Lisisi (hastig). Gebt her! Gebt her! (setzt sich auf das Ruhebett.)

Erzieher. Nicht eine gelbe Knospe blieb verschont!

Alle (schütten die Blumen auf das Ruhebett neben Lisisi aus).

Lisisi (sucht hastig). Nichts — nichts — hier aber — nein — doch ja.

Prinz (wehmüthig). Ach — Butterblumen sind ihr lieber wie ein Widder!

Lisisi (hat die richtige Blume gefunden, und ruft freudig, indem sie aufspringt:) Dies ist das Kraut — (Hält die Blume in die Höhe — triumphirend.) Du bist gerettet, Prinz!

Prinz (freudig). Ich bin gerettet?

Lisisi (Du nicht! Ich meine einen anderen Prinzen.

Prinz. Noch ein Schöps?

Lisisi. Fort, zum Papagei! (Wendet sich zum Abgang.)

Alle. Papagei?

### Sechste Scene.

Prinzessin Mies (von rechts, durch den Rosenhain.) Vorige. (Rascher Dialog.)

Mies (in großer Aufregung). Hülfe! Hülfe! Lisisi!

Lisisi (ihr entgegen). Prinzessin!

Alle (erschrecken). Prinzessin? (Verbeugen sich tief.)

Prinz (ängstlich). Die darf mein Haupt nicht sehen. (Versteckt sich.)

Lisisi (zu Mies). Wie kamst Du hier herein?

Mies (außer Athem). Durch eine kleine Lücke in der Dornenhecke, — ich schlüpfte durch — sah den Papagei — rief ihn — er kam, ließ sich das Köpfchen krabbeln —

Alle (erstaunt). Das Köpfchen?

Prinz (schwärmerisch). Dies Glück wird mir nicht zu Theil!

Lisisi (ängstlich). Weiter! Weiter!

Mies. Ich wollte mit ihm fliehen. Da kamen Zwerge — entrissen mir den Papagei —

Lisisi (schreit). Himmel!

Mies. Und sperrten ihn in einen goldenen Käfig —

Lisisi (indem sie zum Prinzen eilt, und ihn bis in die Mitte der Bühne zieht). Befiehl den Zwergen, mir den Papagei zu geben, Prinz!

Mies. Das ist ein Prinz? (Ordnet rasch ihren Anzug.)

Prinz. Unmöglich! Wenn sie ihn in Hemikranias Vogelkäfig sperrten, kann keine Menschenhand ihn mehr daraus befreien.
Lisisi. Ich muß ihn haben!
Prinz. Den Käfig?
Lisisi (zu Mies). Er ist mein Prinz!
Mies (Auf den Prinzen deutend). Der Schöps?
Lisisi. Der Papagei! Fort! Hin zu ihm! (Wendet sich zum Abgang.)
Mehrere aus dem Gefolge (indem sie nach rechts deuten). Die Zwerge bringen ihn!

### Siebente Scene.

Schäfer Zwerg. Viele Zwerge. Vorige. Später Prinz Garrulus. Zuletzt: Stopp. — (Rascher Dialog).

(Viele Zwerge, an deren Spitze der Schäfer=Zwerg geht, schleppen einen großen, hohen, runden, goldenen Käfig herbei, worin der Papagei sitzt. Sie stellen den Käfig in die Mitte der Bühne, wobei man den Papagei „Ach, ach, ach, ach, ach —" rufen hört.)
NB. Alle Personen müssen durch Geberdenspiel den lebhaftesten Antheil an der Handlung nehmen.)
Zwerg (indem er auftritt). Wir haben einen Vogel!
Alle Zwerge (jubelnd). Einen großen Vogel!
Lisisi und Mies (stürzen zu dem Käfig). Mein Prinz!
Prinz. Hier! (Will hin. Der Kanzler hält ihn zurück.)
Papagei (klagend). Rette mich! Rette mich!
Lisisi (zu den Zwergen). Der Papagei ist mein. Gebt ihn heraus!
Zwerg. Der Käfig läßt sich nicht mehr öffnen.
Lisisi (zieht die Springwurzel hervor). Spring=wurzel hilf! (Verzweiflungsvoll.) Es ist kein Schloß daran!
Mies (Ebenso). Keine Thüre!

Lisisi (gebieterisch, zu den Zwergen). Den Käfig öffnet!

Alle Zwerge (trotzig). Nein!

Lisisi. Gehorcht! (Das Kraut in die Höhe haltend.) Kennt ihr dies Kraut?

Alle Zwerge (indem sie sich furchtsam niederducken und ängstlich rufen.) Alraun! Alraun!

Lisisi (stark). Das Galgenmännlein! Käfig auf, — (das Kraut schüttelnd.) so wollen's die Allrunen!

Zwerg (rasch und ängstlich). Blut, Blut nur öffnet ihn.

Lisisi. Den Papagei heraus!

Zwerg. Schlag' ihm den Kopf ab!

Alle (weichen zurück). Den Kopf?

Zwerg. Und tränk' mit seinem Blute den Alraun.

Mies und der Prinz (rasch). Thu's nicht!

Papagei (laut und klagend). Schlag' ab — schlag' ab!

Lisisi (Entreißt dem Prinzen den Degen). Gieb Deinen Degen! (Eilt wieder zum Käfig.)

Alle. Die Rasende! (Eilen zum Käfig und umgeben ihn.)

Mies (schreit). Thu's nicht!

Papagei (schreit). Schlag' ab! Schlag' ab!

(Musik). (Man sieht wie Lisisi den Degen erhebt und auf den Käfig schlägt, und zwar da, wo angenommen wird, daß der Papagei den Kopf herausstreckt. Alles schreit laut auf: „Ha!" — Der Käfig zerschellt. Alle treten zurück, und man sieht nun den Prinzen Garrulus in dem halbzertrümmerten Käfig stehen. Lisisi hat den Degen fallen lassen, und stützt sich erschöpft auf die Schulter des Prinzen Garrulus. — Die Musik hört auf.)

Garrulus (jubelnd). Lisisi! Der Vogel ist verschwunden!

Mies (indem sie zu Garrulus eilt). Und die Katze ist fort. (Oeffnet ihre Arme.)

Garrulus (umarmt die Prinzessin). Nun fürchte ich Dich nicht mehr.

Lisisi (die sich wieder erholt, tritt zwischen Garrulus und Mies. Rasch). Genug! — Schnell fort aus diesem Hexennest! (Alle wenden sich.)

Prinz Bä (wehmüthig). Und wo bleibe ich?

Lisisi (bleibt stehen). Ja so! Dich darf ich nicht verlassen! (Tritt zu ihm). Durch Dich erhielt ich ja das Wunderkraut. (Indem sie die Arme gegen den Prinzen ausbreitet.) Prinz Schöps — die Lisisi ist Deine Braut! (Sie umarmt ihn.) —

Musik. Es verschwinden in demselben Augenblick die Köpfe sämmtlicher Schafe, unter Donner und Blitz. Dampf steigt aus der Erde.)

Alle rufen): Die Hexe kommt! Die Hexe! Hinaus! Hinaus!

(Alle wenden sich zur Flucht, während Stopp von der entgegengesetzten Seite, in der Luft — ungefähr 4 Fuß hoch — erscheint, und den Fliehenden nachzueilen sich bemüht, wobei er unaufhörlich schreit „Lisisi! Halt! Nimm mich mit! Nimm mich mit!" — Zugleich steigt der Dampf höher, und verdeckt die ganze Bühne; dann verliert er sich in die Soffitten, und sieht man dann einen prachtvollen Saal im Palast des Königs Simplex. Die Musik die bisher wild und rauschend war, geht, sowie sich der Saal zeigt, in einen Freuden=marsch über, der anfänglich erst piano pianissimo er=tönt — damit der nachfolgende Dialog nicht gestört wird.)

### Achte Scene.

Calvus. Spinat. Stipp. Mamillare, mit zwei Hofdamen. Dann: Simplex mit zwei Edelherren. Hierauf: Lisisi. Garrulus. Prinz Bä und Prin=zessin Mies, mit dem Kanzler dem Erzieher und

Bä's Edelherrn. Hofdamen der Prinzessin Mies — Hofdamen und Hofherren aus Simplex Gefolge. Zuletzt: Stopp.

(Gleich nach der Verwandlung hört man hinter der Scene rechts den Ruf: „Hoch, Prinz Garrulus! Hoch, Lisisi!")

Calvus — hinter ihm Spinat und Stipp, von rechts — zugleich Mamillare und zwei Hofdamen, von links. (Rascher Dialog).

Calvus (rasch.) Jubel! Jubel!

Spinat und Stipp. Großer Jubel!

Mamillare (eine Apfelsine essend.) Was soll denn dies Geschrei?

Calvus. Der Herrscher! Wo ist der Herrscher?

Mamillare. Wir ließen ihn soeben wecken.

Calvus, Spinat und Stipp (indem sie nach links deuten.) Dort kommt er, aufgeweckt:

(Hinter der Scene rechts, Ruf: „Hoch Garrulus! Hoch Lisisi!" — während Simplex mit einigen Hofherren von links auftritt).

Calvus, Spinat und Stipp (während Simplex erscheint.) Hoch, König Simplex! Hoch! (Die Musik hört auf).

Simplex (in Nachtmütze und Schlafrock; das Scepter in der Hand. Zerstört und ängstlich.) Gerechter Dromedar! Was ist denn los?

Calvus (exaltirt.) Alles ist los! Alles! Jubele, Simplex — Dein Sohn —

Simplex (rasch.) Garrulus?

Calvus. Er wird zurückgebracht!

Simplex. Als Papagei?

Calvus. Als Mensch.

Simplex. Mich trifft der Schlag — vor Freude! (Schwankt).

Mamillare und die Hofdamen (unterstützen ihn.) Fasse Dich!

(Jubelgeschrei hinter der Scene rechts. Hofdamen und Hofherren aus Simplex Gefolge eilen von links herbei.)

Calvus und die Andern (nach rechts deutend.) Da ist er! Da ist er!

(Garrulus von Lisisi geführt, von rechts. Hinter ihnen: Prinz Bä. Prinzessin Mies, Kanzler, Edelherren und Hofdamen der Prinzessin Mies).

Lisisi (indem sie Garrulus zu Simplex führt.) Hier, großer Simplex, hast Du Deinen Sohn!

Garrulus (stürzt zu Simplex.) Papa!

Simplex (umarmt ihn. Voller Freude.) Junge! Ohne Schnabel — ohne Fittige — Du bist kein Vogel mehr?

Garrulus. Die Lisisi hat mich entfedert.

Simplex. So halte ich mein Wort. (Führt Garrulus zu Lisisi.) Er sei der Deine. (Will sie vereinigen).

Mies (springt rasch dazwischen.) Halt, würdiger Herr! Das geht nicht so geschwind.

Simplex. Wer ist dies schöne Kind?

Lisisi. Prinzessin Mies und Deines Sohn Braut. (Eilt zu ihrem Vater und umarmt ihn herzlich).

Mies. Ich fühlte mich zu ihm schon hingezogen, als er noch auf dem Baume saß, und pickte.

Garrulus. Und seit die Holde nicht mehr kratzen kann —

Mies (rasch und gebieterisch.) Still!

Garrulus. Ich schweige! (Legt die Hand auf den Mund).

Simplex (verlegen.) Ja — aber was soll denn die Lisisi bekommen?

Lisisi. Ich habe schon mein Theil. (Führt Bä vor.) Hier Prinz Bä, ist mein Mann.

Alle (erstaunt.) Ein Prinz?

Prinz Bä. Ja — ein Prinz, der sich von jeher eine Frau wünschte, die mit fester Hand, die Zügel der Regierung führt, und ihn leitet.

Lisisi (klopft ihm auf die Schulter. Gemüthlich.) Und Dein Wunsch hat sich erfüllt — verlaß Dich auf mich.

Stopp (von rechts, in der Luft, nach links steuernd.) Heda! Wir sind zurück! Zurück! Hollah! Der Prinz kommt! Der Prinz!

Alle (erstaunt.) Stopp! In der Luft!

Lisisi. Komm herunter!

Stopp. Bewahre! Jetzt gefällt mir das Lufttreten — (Steuert nach links.) Ich gehe vor dem Winde.

Mies (nachrufend.) Und wo ist meine Entenschnabelstein?

Stopp (während er geht.) Die schwebt noch jenseits der Maulbeerpflanzen und kann nicht niederkommen. (Links ab).

Simpler (der mit offenem Munde sprachlos stand.) Nein, Kinder — nun sagt mir doch —

Garrulus (einfallend.) Wie Alles dies gekommen, willst Du fragen? Das sollst Du wissen —

Mies (rasch und gebieterisch.) Schweige!

Garrulus. Bin stumm. (Legt die Hand auf den Mund).

Mies (freundlich, indem sie Simpler das Kinn streichelt).
Ich werde, nach der Mahlzeit, dem Papa
Getreu berichten Alles was geschah.

(Stellung: Garrulus. Mies. Simpler. Lisisi. Prinz Bä).

Simpler (schmunzelnd.) Du Schmeichelkätzchen Du!

Mies (von dem Worte „Schmeichelkätzchen" unangenehm berührt.) Pfui! — Wie abscheulich!

Simpler (schmunzelnd.) So wäre Alles in der Ordnung?

Lisisi.

Freilich.
Der Schwätzer wurde für sein Schwatzen hart bestraft —

Simpler.

Und von der treusten Dienerin erlöst.
(Reicht Lisisi die Hand).

Lisisi.

Vernichtet wurde Heuchelei und Trug
Der bösen Zauberwelt; der guten danken,
Wir unser Glück, denn jetzt hat von uns Jeder
Das was er haben will und ihm gefällt —
Und dennoch ist es die verkehrte Welt:
Sonst holt die Katze sich den Vogel — hier,
    (Auf Garrulus und Mies deutend).
Hat flugs der Vogel eine Katz' bekommen —
Sonst frißt der Wolf das Schaf —
(Indem sie dem Prinzen die Wangen streichelt — schelmisch).
                  ich habe Dir,
Geliebter Schöps, die Hörner nur genommen.
Und wer's nicht glauben will, der komm herbei,
Und sehe Garrulus, den Papagei.
    (Musik. Die Bühne verwandelt sich).

## Apotheose.

Prachtvolle, aufsteigende, feenartige Decoration, mit Gruppen von Luft- Erd'- Wasser- und Blumengeistern. Hoch oben, in der Mitte der Bühne, Fee Amaranthe von schwebenden Genien umgeben. Elektrische Beleuchtung. Blumenregen u. s. w.

Der Vorhang fällt.

Ende.

## Anmerkungen für die Regie.

Der **Doppel-Chor** No. 2 kann, wenn Kürzungen stattfinden sollen, gestrichen werden. Ebenso der Chor No. 4; doch muß dafür alsdann ein kurzer wilder Tanz aufgeführt werden. Wo kein Ballet-Personal vorhanden, werden die Chöre No. 3, 4 und 5 durch Gruppirungen belebt. Die angegebenen **Ballet-Einlagen** dürfen nur kurze Zeit in Anspruch nehmen, damit der Gang der Handlung nicht darunter leidet. Lange Tänze sind durchweg zu vermeiden.

**Bindibondibarbelbuck** erscheint mit einer rüsselartigen Nase. Damit das Erscheinen des Papageis präcis und ohne die Handlung aufzuhalten geschehen kann, müssen mindestens drei ganz gleiche Papageien vorhanden sein.

Die Moosleute und Zwerge werden von Kindern dargestellt, und kann der Chor der Moosleute vom Chor-Personal hinter den Coulissen gesungen werden.

Die Springwurzel hat die Gestalt einer kleinen gewöhnlichen Wurzel und ist blätterlos. Das Wunderkraut, der **Alraun** (Galgenmännchen), ist die gewöhnliche Alraunpflanze mit der Wurzel. Die Wurzel ist zweigespalten und hat menschenähnliche Gestalt. Oben hat sie breite grüne Blätter und gelbe Blumen.

Daß das Oeffnen der Diamant-Kapsel — worin sich das goldene Haar befinden soll — dem Publikum gegenüber nicht sichtbar zu sein braucht, versteht sich wohl von selbst. Eben so wenig darf das Zertrümmern des Käfigs (bei mangelhafter Maschinerie), das Verschwinden des Papageis, sowie die Erscheinung des Prinzen im Käfig sichtbar werden. Der Käfig hat einen Klapp-Boden, und wird die ganze Metamorphose durch die Versenkung geleitet.

Das Verschwinden der Katzen- und Schafköpfe muß sorgfältig vorbereitet werden, und darf kein Kopf mehr nach der Metamorphose auf dem Podium liegen bleiben, oder wohl gar weggestoßen werden. Nichts ist lächerlicher, als wenn das Publikum die Zauberkunststückchen verunglücken sieht und die Leitung derselben bemerkt. Stopp's Luftspaziergang muß sorgfältig probirt und ausgeführt werden.

Ich bitte, diese Andeutungen zu berücksichtigen.

C. A. Görner.

Im Verlags=Bureau (A. Prinz) in Altona erschienen ferner:

## Der lustige Declamator.

Eine Sammlung komischer Vorträge in Poesie und Prosa. Mit Original=Beiträgen von E. A. Görner, J. Krüger ꝛc. Taschenformat mit illustrirtem Umschlag. — 6 Bändchen à 75 ₰.

Diese Bändchen enthalten eine große Zahl von Görner's beliebten Declamations=Gedichten und zwar jedes mehrere, die noch nirgends gedruckt waren; außerdem aber auch einige der älteren, sehr beliebten Gedichte von Köller, Langbein, Saphir, Glasbrenner ꝛc

## Neue Solo=Lustspiele

von J. Krüger. 1. u. 2. Heft. 2. Aufl. à 50 Pf. Vorgetragen von Fräulein Goßmann, Mitglied des Hofburgtheaters in Wien und anderen dramatischen Künstlerinnen.

Erstes Heft, enthaltend: Ein schöner Traum. — Der beste Pantoffel. — Die Leiden eines jüdischen Choristen.

Zweites Heft, enthaltend: Ich möchte wohl ein Mann sein. — Nach dem Balle. — Herrn Merseburger's Ehestands=Exercitien.

## Jüdische Parodieen und Schnurren

von J. Krüger. 4 Bändchen à 50 ₰.

Inhalt des ersten Bändchens: Die Afrikanerin, jüdische Parodie, von Heimann Dalles erzählt. — Parodie der Räuber, oder Heimann zum ersten Male im Theater. In jüdischer Mundart. — Itzig: Romeo und Blimche, Julio. — Abraham Meyer als dramatischer Künstler. — Schmulchen Toggenburg.

Inhalt des zweiten Bändchens: Mantje Bär, als Wilhelm Tell. Parodie auf Wilhelm Tell's Monolog: „Durch diese hohle Gasse muß er kommen." — Als Madame Levy Nerven gekroggen hat. — Nathan Warschauer's Verzweiflung. Seitenstück zu Kotzebue's Verzweiflung. — Wie der dicke Aron Bacher als Künstler sein Glück gemacht hot. — Jaintef, der Giftschlucker. — Die beiden Confektfresser. — Moses Bock und sein Hauptmann.

Inhalt des dritten Bändchens: Halbmeschugge vor Liebe. — Die Wehklage des Rebbe Moses. — Wie ibbel ist mir der Noth bekommen! — Madame Blimche Meyer's Gardinenpredigt. — Wir Jidden werden einst Deutschland regieren. — Veilche will ein Engel werden?

Inhalt des vierten Bändchens: Die verbrannte und wieder aufgelebte Norma. — Wie Itzig Koppel das große Loos gewinnt. — Etsch, beit ist der erste April! — Herr Salomon und der große Brummer. — Herrn Levy's wunderbore Liebesproben. — Ein jüdischer Naturfreund.